DIE KRIEGSGESCHICHTE
EINES KLEINEN MÄDCHENS

03
TANYA THE EVIL

MANGA: CHIKA TOJO, ORIGINAL: CARLO ZEN,
CHARAKTERDESIGN: SHINOBU SHINOTSUKI

AF178951

DIE KRIEGSGESCHICHTE
EINES KLEINEN MÄDCHENS

03

DRITTER BAND

Manga: Chika TOJO, Original: Carlo Zen,
Characterdesign: Shinobu SHINOTSUKI

ICH BITTE UM VERZEIHUNG, BRIGADE-GENERAL!

!

MILITÄRAKADEMIE II
DIE KRIEGSGESCHICHTE EINES KLEINEN MÄDCHENS

DIE THEORIE DES TOTALEN KRIEGES

KAPITEL: 07

BEHANDELN SIE MICH EINFACH WIE EINEN KOMMILITONEN.

SCHON GUT. HEHE.

ICH DIENE IM GENERALSTAB ALS VIZESTABSCHEF DER KRIEGSDIREKTION.

ICH BIN BRIGADE-GENERAL SEETOUR.

JAWOHL.

VIELEN DANK. ICH BIN STUDENTIN TANYA DEGURECHAFF UND DIENE DEM KAISERREICH ALS AEROMAGISCHER OBERLEUTNANT.

ES IST MIR EINE EHRE, SIE KENNENZULERNEN.

IMMER WEITER!

VEREHRTER BRIGADEGENERAL.

HAU RUCK!

HAU RUCK!

... SEHE ICH ENTSCHLOSSENHEIT IN IHREN AUGEN.

OHNE ZWEIFEL ...

MHM.

HABE NICHTS BESONDERES VOR, VEREHRTER BRIGADEGENERAL.

OBERLEUTNANT.

HABEN SIE ES GERADE EILIG?

IHRE KRIEGSVERDIENSTE, SO UNTYPISCH FÜR IHR ALTER, SIND WOHL DAS ERGEBNIS HARTER ARBEIT.

VERSTEHE.

ICH BIN ZUM LERNEN HERGEKOMMEN.

ICH GEB MICH LIEBER GLEICHGÜLTIG.

... WIDERT ES SICHER AN, WENN MAN SICH WEGEN SEINES RANGES EINSCHLEIMT.

EINEN BRIGADEGENERAL DES GENERALSTABS...

... WÜRDE MICH DIE MEINUNG EINER JUNGEN SOLDATIN, WIE SIE ES SIND, INTERESSIEREN.

FALLS ES IHRE ZEIT ERLAUBT ...

IHR GUTER RUF EILT IHNEN VORAUS.

ICH HABE SCHON EIN WENIG ÜBER SIE GEHÖRT.

DEFINITIV NICHT.

WENN ICH SIE DAMIT NICHT BELÄSTIGE.

JAWOHL.

ICH BIN NICHT IN DER POSITION, UM DARÜBER ZU URTEILEN.

VERZEIHEN SIE MIR.

DAS STIMMT. DANN LASSEN SIE ES MICH SO AUSDRÜCKEN.

UM WAS FÜR EINE ART VON KRIEG HANDELT ES SICH MOMENTAN?

WEITER ABZULEHNEN, WÄRE UNHÖFLICH.

DANN NEHME ICH SIE BEIM WORT.

KEINE SORGE. SIE DÜRFEN FREI SPRECHEN.

NUN GUT.

DIESER KRIEG...

... DASS MAN SIE MIT SELBSTSICHERHEIT VORTRÄGT.

... IST DIE GRUNDLAGE EINER GELUNGENEN PRÄSENTATION...

DES GUTEN EINDRUCKS WEGEN...

... WIRD SICH ZU EINEM »WELT-KRIEG«...

... ENTWI-CKELN. DAVON BIN ICH FEST ÜBER-ZEUGT.

... MIT WELT-KRIEG?

WAS MEINEN SIE...

... UND DER GLOBALE AUSMASSE ANNEHMEN WIRD.

ALSO ...

EIN KRIEG, DER DIE MEISTEN GROSSMÄCH-TE EINBEZIE-HEN...

WIE BEGRÜNDEN SIE DAS?

ALS AUFSTREBENDE GROSSMACHT IST DAS IMPERIUM...

... DEN EINZELNEN ALTEN GROSSMÄCHTEN ÜBERLEGEN.

DAHER NEHME ICH AN, DASS DAS IMPERIUM IM KAMPF GEGEN NUR EINE GROSSMACHT TRIUMPHIEREN WÜRDE.

ZWEITE GRUNDLAGE EINER PRÄSENTATION: GERNE AUSSCHWEIFENDE ERKLÄRUNGEN VERWENDEN.

DER BRIGADEGENERAL HÄLT SICH AN DIESES PRINZIP...

... IN DEM ER MIT MIR, EINEM EINFACHEN OBERLEUTNANT, EINE ERNSTHAFTE UNTERHALTUNG FÜHRT.

UM UNNÖTIGE KONVERSATIONEN ZU VERMEIDEN, SOLLTE MAN AUF AUGENHÖHE REDEN.

DIE REPUBLIK WERDEN WIR WOHL DEFINITIV BESIEGEN.

AHA.

ABER ...

... ES IST AUCH TATSACHE, DASS DAS VEREINIGTE KÖNIGREICH UND DIE FÖDERATION NICHT UNTÄTIG ZUSEHEN WERDEN.

DENN AUS MEINEM MUND WÄRE DAS UNANGEBRACHT.

DASS ER JETZT DIE »REPUBLIK« KONKRET BENANNT HAT, MACHT DIE KONVERSATION FÜR MICH LEICHTER.

GENAU DAS ZEICHNET EINE INTELEKTUELLE UNTERHALTUNG AUS.

BESTÄTIGUNG SUCHEN FÜR ETWAS, DASS MAN ALS SELBSTVERSTÄNDLICH SIEHT. WIRKLICH GROSSARTIG.

ABER EIN KRIEGSEINTRITT HAT FÜR SIE KEINE KONKRETEN VORTEILE, ODER?

... SONDERN HÄTTE EINE ABSOLUTE VORMACHTSTELLUNG.

... WÄRE NICHT NUR MÄCHTIGER ALS DIE ANDEREN GROSSMÄCHTE...

EIN KAISERREICH, DAS SICH DIE REPUBLIK FRANSWA EINVERLEIBT...

JA.

... WÜRDE DIES OHNE ZWEIFEL ZUM EINGREIFEN DURCH DIESE ANDEREN STAATEN FÜHREN.

... UM EINE INTERVENTION SEITENS DER ANDEREN STAATEN ZU VERHINDERN...

... NICHT SCHAFFEN, FRANSWA SCHNELLSTENS AUSZUSCHALTEN ...

WENN WIR ES DEMNACH...

RICHTIG.

DENN GENAU SO ENTWICKELTE SICH DIE GESCHICHTE IN MEINER ALTEN WELT.

ABER WÄRE ES NICHT AUCH MÖGLICH, DASS DIE REPUBLIK UNS BESIEGT UND SELBST ZUR HEGEMONIALMACHT AUFSTEIGT?

... KÖNNTE DAS SO PASSIEREN.

VERSTEHE.

SICHERLICH...

ICH STIMME IHNEN ZU.

JETZT MUSS ICH NACHLEGEN.

ER HAT DIE SCHWACHSTELLE IN MEINER ARGUMENTATION GEFUNDEN.

DAS WÄRE FÜR DIE ANDEREN STAATEN EBENSO WENIG HINNEHMBAR.

KONKRETISIEREN SIE DAS.

ICH BEFÜRCHTE, SIE BEGINNEN DAMIT, DER REPUBLIK DARLEHEN ZU GEBEN.

DESHALB GLAUBE ICH AUCH ...

... DASS DIE ANDEREN STAATEN DARAUF BAUEN, DASS WIR UND DIE REPUBLIK UNS GEGENSEITIG ZUGRUNDE RICHTEN.

... REISSEN DIE ANDEREN STAATEN ALLES AN SICH.

WENN WIR UND DIE REPUBLIK UNS VERAUSGABT HABEN...

WAFFENLIEFERUNG

ICH UNTERSTÜTZ DICH MIT WAFFEN UND SOLDATEN. JETZT BIST DU MIR ETWAS SCHULDIG... VERSTANDEN?

ENTSENDUNG VON FREIWILLIGEN.

DANN WAFFENLIEFERUNGEN.

... NACH DER DIE ANDEREN GROSSMÄCHTE INTRIGIEREN WERDEN.

ICH GLAUBE, DAS IST DIE BLAUPAUSE...

WÜRDEN...

... SICH DIE ANDEREN GROSSMÄCHTE VERBÜNDEN, UM DAS ZU VERHINDERN.

VERSTEHE. DAS LEUCHTET MIR EIN.

UND WENN DAS KAISERREICH ALLE NACHEINANDER UNTERWIRFT?

AUSGERECHNET VOR DEM VIZECHEF DES GENERALSTABS MACH ICH ÄUSSERUNGEN, DIE AN MEINEN KAMPFGEIST ZWEIFELN LASSEN!!

VERDAMMT! ICH HAB MIT DEM BRIGADEGENERAL GEREDET, ALS SEI ICH EIN UNIDOZENT!

JA. WENN SIE MICH BEIM WORT NEHMEN.

VIELLEICHT AUS LOYALITÄT GEGENÜBER DEM IMPERIUM?

SIE HAT KEINE ANGST BEMERKUNGEN ZU MACHEN, DIE SICH NEGATIV AUF IHRE STELLUNG AUSWIRKEN KÖNNTEN.

... DAS SOLL NICHT HEISSEN, DASS MIR DER SIEG UNWICHTIG IST.

ÄH, ABER...

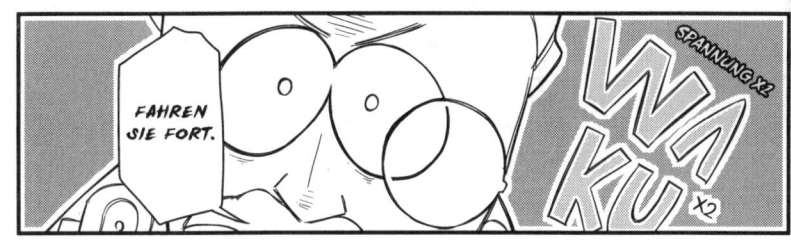

FAHREN SIE FORT.

SPANNUNG X2.

WA KU x2

... DASS ES EINEN SIEG BEDEUTET, WENN FRIEDE EINKEHRT UND DIE NATIONALE SICHERHEIT AUFRECHTERHALTEN WIRD.

ICH BIN DER ÜBERZEUGUNG...

... DIE FEINDLICHEN BODENTRUPPEN AUSSCHALTEN?

KURZ GESAGT ...

WIR SOLLTEN DAS HUMANKAPITAL DES FEINDES VERSCHLEISSEN, INDEM WIR EINEN DEFENSIVEN STELLUNGSKRIEG FÜHREN.

ICH DENKE, DAS WÄRE EHER SCHWIERIG.

DAS WÄRE DAS IDEALZIEL, ABER SCHWIERIG.

ER WILL MICH MIT DER FRAGE KÖDERN.

UND HERAUSFINDEN, OB ICH IHM MIT HARTEN WORTEN ZUCKER UMS MAUL SCHMIERE.

ZWEIFELLOS BESITZT SIE EINE VOLL ENTWICKELTE PERSÖNLICHKEIT.

ABNORMAL.

HUMANKAPITAL...

ABER SIE IST EINE KADETTIN, DIE IHRE MITMENSCHEN WIE OBJEKTE BEHANDELTE.

AERO-
MAGISCHE
KÄMPFER
SOLLTEN
...

... DAS
SCHLACHTFELD
ABRIEGELN
UND ÜBER-
RASCHUNGS-
ANGRIFFE
AUSFÜHREN.

DAS ER-
MÜDET DIE
FEINDLICHE
ARMEE.

MAGIER SIND
MOBILER ALS
INFANTERISTEN
UND HABEN EINE
HÖHERE ARTILLE-
RIEFEUERKRAFT.

SIE SIND
BESTENS
GEEIGNET,
UM DIE
FEINDLICHE
ARMEE ZU
JAGEN.

WENN WIR GEWINNEN UND DABEI GLEICHZEITIG VERLUSTE MINIMIEREN WOLLEN...

... SOLLTEN WIR NACH DER EINDÄMMUNGS-DOKTRIN AGIEREN.

UND DAFÜR EIGNEN SICH MAGIER AM BESTEN.

ICH FÜHLE MICH GE-SCHMEICHELT.

VER-STEHE.

SIE VER-KAUFEN IHRE IDEE SEHR GUT.

VON IHREN FÄHIGKEITEN HER IST SIE SCHON LÄNGST BEREIT.

TJA, UM MAGIER ...
... ENTSPRE-CHEND DER EINDÄM-MUNGS-DOKTRIN SINNVOLL EINZUSET-ZEN...
... WELCHE GRÖSSEN-ORDNUNG SOLLTE DA DIE EINHEIT HABEN?
EIN BATAIL-LON!!
DAS SOLLTE ANGE-MESSEN SEIN.

JETZT STEHT
EINER ELITE-
LAUFBAHN IN
DER SICHEREN
HEIMAT NICHTS
MEHR IM WEG!

PERFEKT!!

DAMIT
WERDE ICH
DEM GENE-
RALSTAB IN
ERINNERUNG
BLEIBEN.

ICH
WERDE SIE IN
ERWÄGUNG
ZIEHEN,
OBERLEUTNANT DEGU-
RECHAFF.

GRINS

GRINS

BATAILLON.

SEHR
REALIS-
TISCH.

HÄ?

KAISERSTADT BERN.
HAUPTQUARTIER
DES GENERALSTABS,
KAISERLICHE ARMEE.

ICH HATTE EIN NATÜRLICHES SELBSTBEWUSSTSEIN.

ICH SCHÜTZTE MICH SELBST, INDEM ICH DEN GELEHRTEN MIMTE.

VERWIRRENDE ZEITEN, ABER ICH KONNTE STETS AUS DER VERGANGENHEIT LERNEN.

WAS IN ALLER WELT IST IN BRIGADEGENERAL SEETOUR GEFAHREN?

SEIT SEINER RÜCKKEHR AUS DEM URLAUB HAT ER KEIN AUGE ZUGETAN.

UND DIE GESCHICHTE WAR DER KOMPASS, DER MICH LEITETE.

SICH SO IN SEINEN GEDANKEN ZU VERLIEREN, OBWOHL ER BRIGADEGENERAL IST, GEHT EINFACH ZU WEIT.

REVOLUTIONÄRES POTENZIAL...

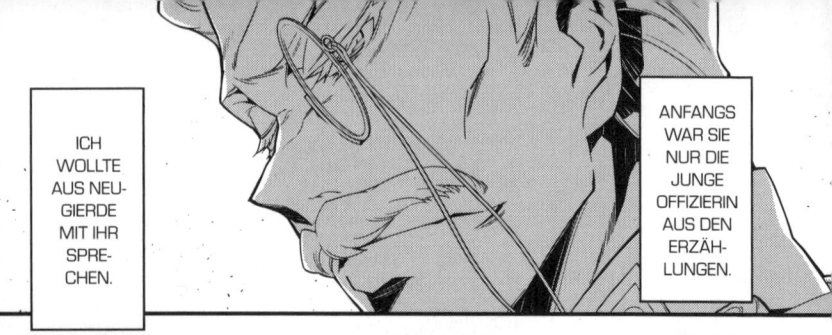

ICH WOLLTE AUS NEUGIERDE MIT IHR SPRECHEN.

ANFANGS WAR SIE NUR DIE JUNGE OFFIZIERIN AUS DEN ERZÄHLUNGEN.

SIE HATTE EINE UNKONVENTIONELLE MEINUNG.

WIRKLICH ERSTAUNLICH. SIE KONNTE DIE GEWALTIGEN VERÄNDERUNGEN DES KRIEGES...

DOCH ICH MERKE SO LANGSAM, DASS ICH IHRE UNANGENEHMEN WAHRHEITEN FÜR MICH BEHALTEN MUSS.

... DIE SELBST DER GENERALSTAB NUR ZÖGERND WAHRNIMMT, ERLÄUTERN ...

... ALS HÄTTE SIE SO ETWAS SCHON EINMAL ERLEBT.

... »WELT-KRIEG« ODER...

... »TO-TALEN KRIEG« BEZEICH-NEN.

ICH UND RUDEL-DORF...

... ERAHNEN ES BEREITS. WAS GERADE PASSIERT, KÖNNTE MAN WIRKLICH ALS...

VER-EHRTE KAME-RADEN.

WIR BEFINDEN UNS IN EINEM »WELT-KRIEG«.

... DIE GANZE WELT GEGENEI-NANDER KÄMPFT.

ICH WÜRDE GERNE ÜBERPRÜ-FEN, WIE WAHR-SCHEINLICH ES IST, DASS IN DIESEM KRIEG...

ÄH, JA?

UND DAS IST WIEDE-RUM VER-WIRREND.

OHNE ZWEIFEL IST ES ÄUSSERST WAHRSCHEIN-LICH.

KAISERSTADT BERN.
GENERALSTAB DER
KAISERLICHEN ARMEE, BÜRO
FÜR MILITÄROPERATIONEN.

DANKE,
BRIGADE-
GENERAL
RUDELDORF.

HERZLICH
WILLKOM-
MEN.

GLÜCKWÜN-
SCHE ZUR BE-
FÖRDERUNG,
OBERST-
LEUTNANT
LEHRGEN.

UND
ICH SOLL
DIE LAGE
EVALUIE-
REN?

WIE SIE
WISSEN, HAT DAS
STRATEGISCHE
CHAOS SCHWER-
WIEGENDE AUS-
WIRKUNGEN AUF
DIE NORDFRONT.

HIER
SIND DIE
ENTSEN-
DUNGSPA-
PIERE.

NUN, OBERST-
LEUTNANT. ICH
MÖCHTE, DASS SIE
SCHNELLSTENS
NACH NORDEN
AUFBRECHEN.

DIE RHEINFRONT IM WESTEN STABILISIERT SICH ZWAR...

GENAU.

ABER WIR WOLLEN UNS NICHT UM ZWEI FRONTEN KÜMMERN MÜSSEN.

ES GEHT ALSO DARUM: UM WELCHE FRONT...

... SOLLTEN WIR UNS ALS ERSTES KÜMMERN?

WENN SIE IN NORDEN IHRE INSPEKTION ABGESCHLOSSEN HABEN, REISEN SIE UNVERZÜGLICH NACH WESTEN.

RICHTIG.

JAWOHL.

ZU BEFEHL.

WUN-
DER-
VOLL.

OH, UND
OBERST-
LEUTNANT
...

WERFEN SIE
UNTERWEGS
MAL EINEN
BLICK HIER
DRAUF.

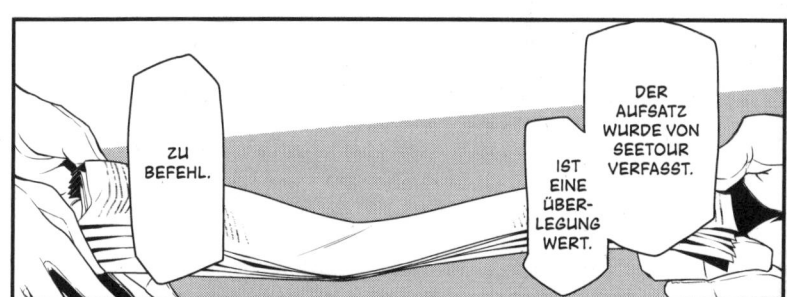

DER
AUFSATZ
WURDE VON
SEETOUR
VERFASST.

IST
EINE
ÜBER-
LEGUNG
WERT.

ZU
BEFEHL.

»PROGNOSEN ZUR LAGE UND ERSCHEINUNGS-FORM DES FORTWÄHREN-DEN GROSSEN KRIEGES«?

PASST ZU BRIGADE-GENERAL SEETOUR, ALTER AKA-DEMIKER.

GROSSER KRIEG... VON SO EINEM KRIEG...

DIESE ART VON KRIEG...

IST DAS MÖG-LICH?

WAS ZUR HÖLLE ...?

... ABER DIE NATIONALE VER-TEIDIGUNG IST AUS GEOPOLITI-SCHEN GRÜN-DEN TROTZDEM ZERBRECHLICH.

DAS KAISER-REICH BE-SITZT ZWAR IM VERGLEICH ZU DEN BE-NACHBARTEN GROSSMÄCH-TEN EIN STÄRKERES MILITÄR....

ES KÖNNTE WIRKLICH PASSIEREN.

... WENN SICH DAS MILITARISTI-SCHE KAISER-REICH IN IHRER MITTE REGT.

AUF DER ANDEREN SEITE HABEN DIE ANDEREN GROSSMÄCHTE BERECHTIGTEN GRUND ZUR SORGE...

... WÄRE DIE REPUBLIK FRANSWA DEM DRUCK DES KAISERREICHS GANZ ALLEINE AUSGESETZT.

SOLLTE DIE PROVISORISCHE LEGEDONISCHE ALLIANZ ZER-BRECHEN...

... SOWIE DER NICHTAN-GRIFFSPAKT MIT DER RUSS FÖDERATION ENTSTANDEN.

IM ZUGE DER DIPLO-MATISCHEN ANSTREN-GUNGEN IST DAS BÜND-NIS MIT DEM KÖNIGREICH ILDOA...

FRÜHER
BESTAND
ZWI-
SCHEN...

DAS ZERRISS,
ALS DIE FÖDE-
RATION ZUM
POLITISCHEN
SYSTEM DES
KOMMUNISMUS
WECHSELTE.

... FRANSWA
UND DER
RUSS FÖDE-
RATION EIN
BÜNDNIS.

... UM DAS
KAISERREICH
TROTZDEM
MIT EINER
ZWEITEN
FRONT ZU
SCHRECKEN.

WESWEGEN
DIE REPUBLIK
FRANSWA
DANACH DIE
LEGIONI-
SCHE ALLIANZ
EINGING...

DAS KAISERREICH
NUTZTE DIE CHAN-
CE UND SCHLOSS
EINEN NICHTAN-
GRIFFSPAKT MIT
DER FÖDERATION.

... DER »GEGENSEITIGEN ZERSTÖRUNG DER REPUBLIK UND DES IMPERIUMS« ENDEN.

FÜR DIE ÜBRIGEN GROSSMÄCHTE DARF DIESER KRIEG NUR MIT...

... AN ZWEI FRONTEN ZU KÄMPFEN.

AUS DIESEM GRUND IST DAS KAISERREICH GEGENWÄRTIG GEZWUNGEN...

ES KÖNNTE TATSÄCHLICH...

... EIN WELTKRIEG AUSBRECHEN.

»DIE THEORIE DES TOTALEN KRIEGES«.

EIN POLITISCHES SYSTEM WIRD BENÖTIGT, DAS ES ERMÖGLICHT, DIE GANZE WELT ZU BEKÄMPFEN.

DAS HEISST, DASS SICH ALLE STAATEN IM ANGESICHT DES KRIEGES DAMIT KONFRONTIERT SEHEN...
... IHRE KOMPLETTE MACHT EINZUSETZEN.
IM UNTERSCHIED ZU ALLEN ANDEREN KRIEGEN BIS DATO...
... IST DIE »MODERNE KRIEGSFÜHRUNG« EIN KONZEPT...
... DASS DEN MASSENKONSUM VON SOLDATEN UND WAFFEN VORRAUSETZT.
EIN GEWALTIGER VERBRAUCH VON HUMANKAPITAL.
UND VERBRAUCH VON RESSOURCEN, DER EINEN ZUSAMMENBRUCH DER NATIONALEN WIRTSCHAFT ZUR FOLGE HABEN KÖNNTE.
GENAU. »KONSUM«.
NICHT IM SINNE VON OPFERN, SONDERN ALS EINFACHER NUMERISCHER »KONSUM«.

... BEGANN SICH GANZ PLÖTZLICH IN MEINEM KOPF ZU REGEN.

... UND NOCH ETWAS ANDERES FREMDES...

GEKICHER, DAS WIE DAS GELÄCHTER EINER HEXE KLINGT...

... SO WAS ZU SCHREIBEN?

WIE KOMMT SEETOUR DARAUF...

RASCHEL

RASCHEL

RASCHEL

VIELLEICHT HABE ICH DAS...

... SCHON MAL IRGENDWO GELESEN...

ENDE KAPITEL 07

DIE KRIEGSGESCHICHTE EINER KLEINEN MÄDCHENS

FORTSETZUNG FOLGT...

Glossar Kapitel : 06

BRIGADEGENERAL

EIN RANG IN DER ARMEE. WIE DER NAME BESAGT, HANDELT ES SICH HIERBEI UM EINEN POSTEN IM GENERALSTAB. JE NACH LAND WIRD ER ENTWEDER DEM OBERST ÜBERGEORDNET ODER DEM MAJOR UNTERGEORDNET, BZW. BILDET DEN HÖCHSTEN POSTEN IM GENERALSTAB ODER DEN NIEDRIGSTEN. JE NACH ARMEE KANN ES AUCH SEIN, DASS ES DIESEN RANG GAR NICHT GIBT.

DER BEGRIFF SPIELT AUF SEINEN EIGENTLICHEN ETYMOLOGISCHEN URSPRUNG AN: „EINE PERSON, DIE EINE BRIGADE ANFÜHRT". TYPISCHERWEISE BEFEHLIGT EIN BRIGADEGENERAL EINE TRUPPE, DIE GRÖSSER ALS EINE BRIGADE IST.

HEGEMONIALMACHT

EINE GROSSMACHT, DIE IN EINEM ENTSPRECHENDEN GEBIET ZU EINER ENTSPRECHENDEN ZEIT DIE ABSOLUTE VORMACHTSTELLUNG BESITZT.

DAS WORT HEGEMONIE WEIST AUF EINEN ZUSTAND DER VORHERRSCHAFT HIN, DEN MAN IN EINER BESTIMMTEN KATEGORIE, ZUM BEISPIEL IN BEZUG AUF MENSCHEN, GRUPPEN, IDEEN, ERREICHT HAT. EIN STAAT, DER DIE HEGEMONIALMACHT VERKÖRPERT, ERHOFFT SICH EINE WELTORDNUNG, IN DER SEINE HEGEMONIE AKZEPTIERT WIRD; DIES SPIEGELT SICH SOWOHL IM LEITBILD DER STAATSFÜHRUNG ALS AUCH IN DIPLOMATISCHEN BEZIEHUNGEN WIDER.

ES IST MÖGLICH, DASS OPPOSITIONELLE STAATEN DIE DASEINSBERECHTIGUNG DER HEGEMONIALMACHT ANFECHTEN. UM IHRE EIGENE RECHTSORDNUNG ZU ERHALTEN, WIRD EINE HEGEMONIALMACHT DARAUF WIRTSCHAFTLICH ODER SELTENER, MILITÄRISCH, REAGIEREN. JEDES MITTEL IST RECHT, UM DIE VERLETZUNG DER OBERHOHEIT ZU VERMEIDEN.

DER TOTALE KRIEG

VOR DER INDUSTRIELLEN REVOLUTION ENTSTAND EIN KRIEG AUF BEFEHL VON ADELIGEN ODER KÖNIGEN. IM MITTELPUNKT STANDEN HIERBEI KÄMPFER WIE SOLDATEN ODER SÖLDNER. SIEG ODER NIEDERLAGE WURDEN ENTSCHIEDEN DURCH LEISTUNG UND GRÖSSE EINES HEERES. DOCH IN DER INDUSTRIELLEN REVOLUTION KAM ES ZUR ENTWICKLUNG MODERNER WAFFEN WIE MASCHINENGEWEHREN UND ZUR PRODUKTION VON GRÖSSEREN MENGEN AN MUNITION UND TREIBSTOFF. ALLE DREI KONNTEN ÜBER EISENBAHNNETZE TRANSPORTIERT WERDEN. DIE KRIEGSFÜHRUNG OBLAG NICHT MEHR NUR DER KONTROLLE DER FÜRSTEN UND ADELIGEN. DIE ARBEITSKRAFT VON STÄDTERN, DIE IN DER INDUSTRIE BESCHÄFTIGT WAREN, WURDE ZUNEHMEND WICHTIGER.

ZUSAMMEN MIT DIESEN VERÄNDERUNGEN ÄNDERTE SICH AUCH DER KERN DES KRIEGES, DA STAATEN NICHT MEHR AUF IHRE ADELIGEN ANGEWIESEN WAREN. UM ZU SIEGEN, MUSSTE DIE GESAMTE STAATSKRAFT MOBILISIERT WERDEN: DIES IST DAS PRINZIP DES TOTALEN KRIEGES. OBJEKTE DER MOBILMACHUNG WAREN NICHT MEHR NUR KOMBATTANTEN, SONDERN EINFACHE ARBEITSKRÄFTE AUS DEM VOLK, RUNDFUNK UND PRESSE, BIS HIN ZU EINRICHTUNGEN FÜR BILDUNG UND KULTUR, DER GESAMTE STAAT ZOG IN DEN KRIEG.

DIE FOLGE WAR DER VERSCHLEISS VON RESSOURCEN, EINE HOHE ZAHL AN TODESOPFERN, SCHÄDEN UNTER DER ZIVILBEVÖLKERUNG, VÖLKISCHE EINRICHTUNGEN, DIE ALLGEMEINE INFRASTRUKTUR UND MASSIVE KRIEGSSCHULDEN. FERNER WAR DIE DEVISE, FÜR DEN SIEG BIS ZUR VOLLKOMMENEN ERSCHÖPFUNG DER STAATSKRAFT ZU KÄMPFEN UND GEGNERISCHE STAATEN VOLLKOMMEN ZU VERNICHTEN, DA EINEM LAND IM FALLE EINER NIEDERLAGE IMMENSE KRIEGSSCHULDEN AUFGEBÜRDET WURDEN. MAN GERIET IN EINEN ZUSTAND, IN DEM ES KEINE ALTERNATIVEN ZUM SIEG GAB.

GUTEN
MORGEN
ALLER-
SEITS.

HIER
TANYA DE-
GURECHAFF,
ELF JAHRE
ALT.

DIE KRIEGSGESCHICHTE
EINES KLEINEN MÄDCHENS
KAPITEL: 08

OBWOHL
ICH GERADE
SO MÜDE
AUSSEHE...

... BIN
ICH EINE
GROSSAR-
TIGE STU-
DENTIN.

ICH BEFINDE MICH HIER AN DER MAINEN-QUELLE, EINEM BERÜHMTEN KURORT DES KAISERREICHS.

DIE MIT FIRNSCHNEE BEDECKTEN GIPFEL ÜBERRAGEN EIN FRIEDLICHES STADTBILD.

SEIT DER ANTIKE IST DIESE GEGEND FÜR IHRE HEISSEN QUELLEN BEKANNT.

FÜNF, SECHS, SIEBEN, ACHT.

DAS IST EINE UNI-EXKURSION.

DAS IST NICHT EINFACH EINE REISE.

UND EINS UND ZWEI UND DREI UND VIER...

EINE REISE? NEE, NEE.

GÄHN

... HANDELT ES SICH EIGENTLICH UM EINE MILITÄRAKADEMIE, DIE BEGABTE OFFIZIERE ZU STABSOFFIZIEREN AUSBILDET.

AUCH WENN ES »UNIVERSITÄT« GENANNT WIRD...

IN ZEITEN DES KRIEGES INVESTIERT DAS REICH...

... IN KOMPETENTE STABSOFFIZIERE, DENN DIE WERDEN DRINGEND GEBRAUCHT.

ES WÄRE SO SCHÖN, WENN ICH IN DEN HEISSEN QUELLEN...

... DES KURORTS BADEN UND ETWAS SIGHTSEEING MACHEN KÖNNTE.

WOOSCH

WOOSCH

WOOOSCH

ABER DIE REALITÄT IST DIE HÖLLE.

NUR IN DIESEM MOMENT BIN ICH FROH, DASS DIES MEIN KÖRPER IST.

ZAAP ZAAP KAWAMM

RAUS AUS DEN FEDERN!!

ALLE AUFSTEHEN!!

DAS MILITÄRISCHE REGELWERK WURDE UNTER DER VORAUSSETZUNG KONZIPIERT, DASS ADELSFRAUEN UND IHRE DIENERINNEN NUR NOMINELL MILITÄRDIENST LEISTEN.

BEVOR MAN IM KAISERREICH DIE MAGIER MILITARISIERTE, EXISTIERTE NUR EINE KLEINE ZAHL AN WEIBLICHEN OFFIZIEREN, ALLE MIT ADELIGER HERKUNFT.

WEIBLICHE OFFIZIERE SCHLAFEN IN BETTEN DER ZIVILBEVÖLKERUNG ODER IN MILITÄREINRICHTUNGEN.

MÄNNLICHE OFFIZIERE BUDDELN LÖCHER UND ÜBERNACHTEN DARIN.

EIN SIMPLES BEISPIEL HIERFÜR IST DIE UNTERKUNFT WÄHREND EINES MARSCHES.

ICH SOLLTE HELFEN UND HEISSES WASSER VERTEILEN.

EINE GÖTTIN.

SIE IST SO UMSICHTIG MIT UNS.

... KÖNNTE DAS MEINE KARRIERE GEFÄHRDEN.

WENN SIE MIR ÜBELNEHMEN, DASS ICH ALS EINZIGE UNTER EINEM DACH PENNEN DARF...

KLIRR

KLAPPER

BITTE SEHR.

HIER SCHLÄFT DIE ELITE DES IMPERIUMS...

AUSGEZEICHNETE SOLDATEN, DIE FRÜHER ODER SPÄTER IN DIE ARMEEFÜHRUNG AUFSTEIGEN.

DIE LIEGEN JA WIE SARDINEN IN DER BÜCHSE!

SIE MUSS AUCH ERSCHÖPFT SEIN, SO AUFOPFERUNGSVOLL.

WENN DU SO MÜDE BIST, DANN GEH DOCH ENDLICH IN RENTE.

UGAR, MEIN NEBENBUHLER AN DER AKADEMIE.

DANKE SEHR, OBERLEUTNANT.

LANGSAM FÜHLE ICH MICH ERSCHÖPFT.

HAUPTMANN UGAR.

AAAH.

DAS WIRD SIE AUFWÄRMEN.

BITTE SEHR, HAUPTMANN UGAR.

MEIN RIVALE IN BEZUG AUF EINE BEFÖRDERUNG, HAUPTMANN UGAR.

DIE FELDÜBUNG SIMULIERT EXTREMBEDINGUNGEN, IN DENEN DAS DENKVERMÖGEN MASSIV BEEINTRÄCHTIGT IST.

DER ZWECK DIESER STABSOFFIZIERSREISE IST SIMPEL.

... ALS WEIBLICHE OFFIZIERIN KEINE BEVORZUGTE BEHANDLUNG VERDIENT.

UND DESWEGEN DENKEN DIE DOZENTEN, DASS OBERLEUTNANT DEGURECHAFF, DIE SCHON EINIGES AN KAMPFERFAHRUNG HAT UND DAZU NOCH EIN RECHENJUWEL BESITZT...

EINEN SCHLACHTPLAN, DEN SICH EIN ERSCHÖPFTER STABSOFFIZIER AUSGEDACHT HAT, KANN MAN IN DIE TONNE HAUEN.

UND DESHALB IST DAS DOCH...

SCHNAUF

SCHNAUF

HEPP

SCHNAUF

SCHNAUF

DAS IST DOCH KINDES-MISSHAND-LUNG!?

HEPP

VER-FLUCHTE WICH-SER!!!

DIE LEUTE, DIE DIESE TRAI-NINGSEINHEIT KONZIPIERT HABEN, SIND OHNE ZWEIFEL SADISTEN.

ES GIBT IN DIESEM ALTER-TÜMLICHEN REGELWERK EINE LÜCKE. MAN KANN DAS GESETZ »WEIBLICHE OF-FIZIERE MÜSSEN ANNEHMLICHE UNTERKÜNFTE ERHALTEN« ZWAR NICHT UMGEHEN...

ABER ES GIBT KEINE REGEL, DIE BESAGT, DASS »WEIBLICHE AEROMAGIER KEINE SCHWEREN LASTEN TRAGEN DÜRFEN«. DAS GEHT ALSO PROBLEMLOS.

ABER DEIN BATAILLON MUSS SCHNELLSTENS VORWÄRTSKOMMEN.

DER FEIND HAT DORT DRÜBEN EINEN DEFENSIVEN BESCHUSSPOSTEN ERRICHTET.

VIKTOR.

WAS?

SCHAU DOCH MAL SELBST NACH.

DAMIT DIE EINHEIT SCHNELL VORANKOMMT, SOLLTE MAN DEN POSTEN UMGEHEN.

EIN DURCHBRUCH WIRD SCHWIERIG.

DU VOLLIDIOT!! SCHAU DIR DAS TERRAIN AN, BEVOR DU REDEST!!

... DANN ZEIG MIR GEFÄLLIGST WIE!

NA, WENN DU DIESES HARTE TERRAIN EINFACH UMGEHEN KANNST...

DEGU-RECHAFF, WAS WÜRDEST DU TUN?

DAS SIND DIE AUSWIRKUNGEN DES MARSCHES.

WAAAH, JETZT HAT ER MICH AUF DEM KIEKER. LEUTNANT VIKTOR IST MIR WAS SCHULDIG.

UNTER NORMALEN BEDINGUNGEN HÄTTE LEUTNANT VIKTOR SO WAS NIE VORGESCHLAGEN.

NEIN.

HABEN WIR ARTILLERIEUNTERSTÜTZUNG?

ERSTE OPTION...

... KOMPLETTER RÜCKZUG UND AUF EINE ROUTE ENTLANG DES KAMMS AUSWEICHEN.

EINSATZ EINER GEPLÄNKELTAKTIK MIT MAGIERN UND INFANTERISTEN.

PLAN B...

MMH. UND WENN DAFÜR NICHT GENUG ZEIT BLEIBT?

WIR MÜSSTEN MIT EIN PAAR VERLUSTEN RECHNEN, ABER ES WÄRE NICHT UNMÖGLICH.

WÄHREND DIE INFANTERISTEN RÜCKENDECKUNG GEBEN.

DIE MAGIER ZERSTÖREN DEN BESCHUSSPOSTEN.

... DIE INFANTERIE ZUR VERFÜGUNG.

IRGENDWIE STEHT MIR NUR NOCH...

DER WILL MICH DOCH VERARSCHEN.

#ロ... グ GLOTZ ♪

WENN DU NICHT IM FREIEN PENNEN WILLST, ANTWORTE.

»ERSTÜRMEN« NUR MIT INFANTERISTEN?

ÄH, WAS?!

GUT. UND WENN NUR INFANTERISTEN FÜR EINE ERSTÜRMUNG ZU VERFÜGUNG STÜNDEN?

ABER EIN BAJONETT-ANGRIFF GEGEN EINEN DEFENSIVPOSTEN DER FRANSWA'SCHEN ARMEE IST ZUM SCHEITERN VERURTEILT.

... UND DAS GEGENFEUER DES FEINDES SCHWACH, HÄTTEN WIR VIELLEICHT EINE CHANCE.

WENN UNSER BAJONETTANGRIFF EXZELLENT WÄRE...

WENN ICH AN UNSERE PFLICHT IN DIESER MISSION DENKE...

WIE LAUTET DIE DIENSTPFLICHT EINES STABSOFFIZIERS?

... DANN MUSS ICH MELDEN, DASS DIE MISSION UNMÖGLICH IST.

UNTER SOLCHEN EXTREMBEDINGUNGEN, OHNE EINE ALTERNATIVE UND VERBAL IN DIE ECKE GETRIEBEN ...

STATTDESSEN HABE ICH'S MIT MEINER DIENSTPFLICHT BEGRÜNDET.

ES KLANG NICHT SO, ALS HÄTTE ICH AUS MANGELNDEM KAMPFGEIST AUFGEBEN WOLLEN.

WAR DAS NICHT GROSSARTIG, WIE ICH DIE VERANTWORTUNG ABGEWÄLZT HAB?!

... BLEIBT SIE TROTZDEM STANDHAFT. UND STEHT ZU IHRER SEHR VERNÜNFTIGEN ANTWORT.

SIE IST PERFEKT GEEIGNET FÜR DIE SCHLACHT!!!

ICH WÄRE DIE PERFEKTE STABSOFFIZIERIN FÜR DEN DIENST AM SCHREIBTISCH!!

DIE PERFEKTE ANTWORT EINES BÜROANGESTELLTEN.

... WÄRE DAS ALLERLETZTE!

DAS LEBEN VON SOLDATEN GRUNDLOS ZU OPFERN ...

ES IST MEINE PFLICHT, DIE BESTE STRATEGIE ZU FINDEN!

ES KLANG, ALS WÜRDE ICH MIR EIN EIGENES BATAILLON WÜNSCHEN...

DEN FEHLER MACH ICH NICHT NOCH MAL!

ICH WAR DAMALS IN DER BIBLIOTHEK IM GESPRÄCH MIT BRIGADEGENERAL SEETOUR ZU RADIKAL.

DIESES MAL WIRD MICH DER DOZENT FÜR DIE »ELITELAUFBAHN IM HINTERLAND« VORSCHLAGEN!!

GUT, WIR MARSCHIEREN WEITER!!

PERFEKT. WIRD PROTOKOLLIERT.

DAS LEITPRINZIP DES MAGISCHEN BATAILLONS

DIE KRIEGSGESCHICHTE EINES KLEINEN MÄDCHENS
KAPITEL: 08

EINHEITLICHER KALENDER, 1925.
KAISERSTADT BERN, HAUPTQUARTIER.

DIE LAGE AN DER WEST-FRONT BES-SERT SICH.

BRIGADEGENERAL SEETOUR.
KAISERLICHE ARMEE,
VIZESTABSCHEF DER DIREKTION.

WIR WER-DEN NACH WIE VOR UMZINGELT.

ABER DIE GESAMT-SITUATION BLEIBT UN-VERÄNDERT.

DIE HAUPT-STREITKRÄFTE DER ARMEE HABEN SICH POSTIERT.

TANYA DEGURECHAFFS
VERSETZUNG IM JAHRE
1923 WAR DIE ERSTE
AKTION DIESER ART.

ES GALT ZU
VERHINDERN,
DASS SIE IN
DAS INDUS-
TRIEGEBIET
AM RHEIN
DRINGEN.

DIE IMPERIALE
WESTARMEE
HATTE WEITERHIN
VERSUCHT, GEGEN
DIE INVASION DER
FRANSWA'SCHEN
ARMEE AUSZU-
HARREN.

DIE MILITÄRISCHEN
VERLUSTE AN DER
FRONT WAREN
MASSIV, WESHALB
KAMPFKRÄFTE VON
DER HAUPTSTADT
VERLEGT WURDEN.

DER AUF-
MARSCH DER
HAUPTSTREIT-
KRÄFTE KAM
ZWAR RECHT-
ZEITIG, ABER
ÄUSSERST
KNAPP.

IN WIRKLICH-
KEIT HABEN
WIR ES GERADE
SO GESCHAFFT.

DIE
STRATEGIE
DER INNEREN
ANGRIFFSLINIE
HAT IHRE LIMI-
TIERUNGEN...

ALS
DIREKTOR
MUSS ICH
ZU DIESEM
SCHRITT
RATEN.

DAS EIGENT-
LICHE THEMA
HEUTE IST
DESHALB DER
AUSBAU DER
REAKTIONS-
STREITMACHT.

... IST EBENFALLS DER MEINUNG, DASS EINHEITEN MIT HÖHERER MOBILITÄT UND KAMPFKRAFT BENÖTIGT WERDEN.

DAS BÜRO FÜR MILITÄROPERATIONEN...

BRIGADEGENERAL RUDELDORF
KAISERLICHE ARMEE. VIZESTABSCHEF DER DIREKTION.

... SCHLAGE ICH ALS VIZESTABSCHEF VOR, DASS WIR STRATEGIEN ZUR NATIONALEN ABWEHR ERFORSCHEN.

DAVON AUSGEHEND, DASS WIR IN EINEM ZWEIFRONTENKRIEG KÄMPFEN WERDEN...

DER KAISERLICHE GENERALSTAB IST DER MEINUNG, DASS DAS ALTE KONZEPT NICHT MEHR FUNKTIONIERT.

DIE REGIONALEN ARMEEN SOLLEN FÜR DIE DEFENSIVE EINGESETZT WERDEN. DIE HAUPTARMEE FÜR DIE OFFENSIVE.

ICH HABE NICHTS GEGEN FORSCHUNG EINZUWENDEN...

... ABER...

... ES GILT ABSOLUT ZU VERHINDERN, DASS WIR AN ZWEI FRONTEN KÄMPFEN.

DIES IST IM GE-
NERALSTAB DIE
GOLDENE REGEL
IN BEZUG AUF
DIE STRATEGIE
DER INNEREN
ANGRIFFSLINIE.

»MIT ALLER
MACHT EINEN
FEIND BESIEGEN
UND DANACH
DEN NÄCHSTEN«.

... IST ES ABSOLUT
TABU, DASS STREIT-
KRÄFTE SICH TEILEN
UND AN VERSCHIE-
DENEN FRONTEN
KÄMPFEN. DAS IST EIN
EHERNES GESETZ DER
MILITÄRGESCHICHTE.

NATÜR-
LICH...

DAS BÜRO FÜR
MILITÄROPERA-
TIONEN WIRD
SICH DARAUF
KONZENTRIEREN,
HERAUSZUFINDEN,
WIE MAN EINEN
ZWEIFRONTEN-
KRIEG VERHIN-
DERN KANN.

IN ORDNUNG.
ICH STIMME ZU,
DASS WIR UNS
AUF ALLE EVEN-
TUALITÄTEN
VORBEREITEN
MÜSSEN.

ABER MAN
MUSS DIE GEO-
POLITISCHEN
FAKTOREN DES
KAISERREICHS
BETRACHTEN...

JA, ALSO.
ICH VERSTE-
HE AUCH
BRIGADE-
GENERAL
SEETOURS
PERSPEK-
TIVE.

HABEN
SIE EINE
BESSERE
LÖSUNG?

ABER EINE
GROSSFLÄCHIGE
UMSTRUKTU-
RIERUNG DES
MILITÄRGEBIETS
IST MOMENTAN
SCHWIERIG.

DAS LÄSST
SICH NICHT
ABSTREI-
TEN.

... WÄRE DAS RHEINISCHE INDUSTRIEGEBIET IN FEINDESHAND, UND WIR MÜSSTEN JETZT REDEN FÜR FRIEDENS- KONFERENZEN VERFASSEN.

OHNE DEN HELDENHAFTEN WIDERSTAND DER WESTAR- MEE AN DER RHEINFRONT ...

DOCH DIE REALITÄT SIEHT ANDERS AUS.

WIR WAREN IN DER VERGAN- GENHEIT DAVON ÜBERZEUGT, DASS WIR DIE HAUPTARMEE ALS REAKTIONS- STREITMACHT EINSETZEN KÖNNTEN.

ODER GEHT'S UM ETWAS ANDERES...? VERMUTLICH SCHON...

DAMIT RUHM UND ERFAHRUNGS- SCHATZ IN DER BALANCE BLEIBEN.

KURZ GESAGT, MAN SOLLTE EINE EINHEIT AUS DER OSTARMEE BILDEN, UND SIE AN DIE FRONT SCHICKEN.

IM MOMENT BEKOMMEN DIE WESTARMEE UND DIE HAUPTARMEE DEN GANZEN RUHM DAFÜR. SYSTEMISCH EIGENTLICH UNFAIR.

... UND UNSERE STRATE- GISCHE MOBILITÄT AUSZUTESTEN, MÖCHTE ICH ES MIT EINER EINHEIT IN DER GRÖSSE EINER DIVISION PROBIEREN.

UND UM DAS ZU ERREI- CHEN...

JA, DAS AUCH.

VIEL ZU GROSS.
DER OSTEN BESITZT NUR ZWEI DIVISIONEN ALS STRATEGI-SCHE RESERVE.
WIE WÄRE ES, WENN WIR KRÄFTE AUS OST- UND SÜDARMEE EXTRAHIEREN?
DARÜBER KANN MAN REDEN, WENN IN NORDEN WIEDER ALLES IN ORDNUNG IST.
DANN GIBT ES...
... EIN WEITERES EXPERI-MENT, DAS ICH TESTEN MÖCHTE.
EIN BATAILLON AUS AERO-MAGISCHEN KÄMPFERN.
DAS UNTER DER KONTROLLE DER KOMMAN-DANTUR DER ZENTRALEN REAKTIONS-STREITMACHT STEHT.

DAS »KONZEPT DES MAGISCHEN REAKTIONS-TREIT-BATAILLONS«?

ICH BIN DAFÜR.

AUF EXPERIMENTELLER EBENE GENEHMIGEN WIR ES.

UNTER DER KONTROLLE DES GENERALSTABS.

AEROMAGISCHE KÄMPFER SIND EINFACH ZU TRANSPORTIEREN UND SCHNELL EINSETZBAR.

WARUM EIN AEROMAGISCHES BATAILLON EXTRAHIEREN?

WIR BEGLEITEN DIE ERRICHTUNG EINES REAKTIONS-STREITMACHT-QUARTIERS FÜR MAGISCHE DIVISIONEN.

UND SIND AUF DAS ERGEBNIS DES MAGISCHEN BATAILLONS GESPANNT.

DIE MILITÄRAKA-
DEMIE HATTE
URSPRÜNGLICH
EINEN SEHR
EXTRAVAGANTEN
STUNDENPLAN.

DESHALB
WURDEN VIELE
KURSE WÄHREND
DES KRIEGES
GESTRICHEN.

ANDERERSEITS
HAT SICH DER
SCHWERPUNKT
DES LEHRPLANS
AUF KAMPFPRAXIS
VERLAGERT.

IN MANCHERLEI
HINSICHT HAT
SICH DIE QUALITÄT
VERBESSERT.

EIN KURS, DER
FRÜHER ZWEI JAHRE
DAUERTE, IST AUF EIN
JAHR KONDENSIERT,
DAHER INHALTLICH
VIEL HÄRTER.

AN EINEM TISCH MIT SOLCH FUNKELNDEN TALENTEN ZU SITZEN, HAT MIR DIE ERKENNTNIS GEBRACHT, WIE GROSS DIE WELT IST.

ICH HOFFE, DASS MEINE FÄHIGKEITEN NICHT SCHLECHTER SIND ALS DIE MEINER KOMMILITONEN.

... ICH BIN GESEGNET.

DOCH ...

VOR EIN PAAR TAGEN KAM MEINE TOCHTER ZUR WELT ...

... SIE IST UNGLAUBLICH NIEDLICH.

ICH, UGAR, HABE EINE SPITZENLAUFBAHN ALS SOLDAT DER KAISERLICHEN ARMEE HINGELEGT.

SCHON JUNG ZUM HAUPTMANN GEWORDEN, VERSTÄNDNISVOLLE ELTERN, MEINE EHEFRAU IST EINE SUPER PARTIE.

HAUPTMANN UGAR.

KAISERLICHE
HAUPTSTADT BERN.

IST DAS
WOHL DER
GRUND...

ALS FRISCH-
GEBACKENER
VATER EINES
MÄDCHENS
KANN ICH MICH
NICHT MEHR
GLEICHGÜLTIG
GEBEN.

KLÜGEL-STR. 3, **RESTAURANT SORKER.**

ICH
MUSS ES
WISSEN.

MEINE KLAS-
SENRIVALIN,
OBERLEUT-
NANT DEGU-
RECHAFF.

SELBSTVER-
STÄNDLICH.
SETZEN SIE
SICH DOCH
BITTE.

HABEN SIE
VIELLEICHT
ETWAS
ZEIT?

ICH HABE
VON WACH-
KOMMAN-
DANT LAKEN
ERFAHREN,
DASS DIES
IHR STAMM-
LOKAL IST.

AAAH,
VERSTE-
HE.

HAUPTMANN
UGAR, WIE
UNERWARTET,
SIE HIER ZU
TREFFEN.

ZACK

ZACK

SELBST AN
IHREM FREIEN
TAG TRÄGT SIE
UNIFORM.

OHNE
IRGEND-
WELCHEN
SCHMUCK.

AEROMA-
GISCHER
OBERLEUT-
NANT TANYA
DEGURECHAFF.

SIE IST
DIESES
JAHR ELF
GEWORDEN.

...
WÜRDE ICH
SIE WAHR-
SCHEINLICH
GAR NICHT
ERKENNEN.

*WAS FÜR
KLAMOTTEN
WÜRDE
SIE WOHL
TRAGEN?*

EHRLICH
GESAGT,
WENN SIE IN
ZIVILKLEIDUNG
HERUMLAUFEN
WÜRDE...

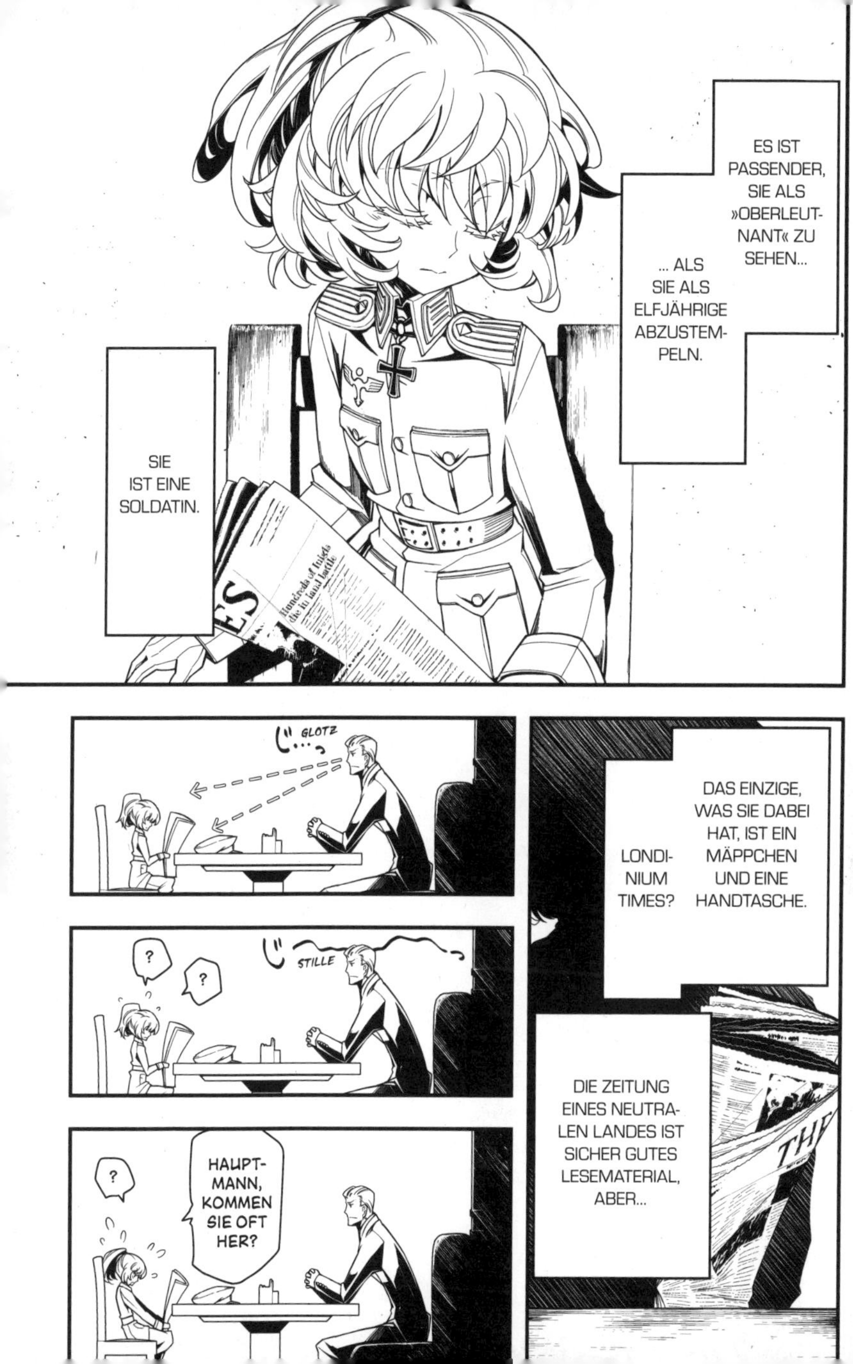

ES IST PASSENDER, SIE ALS »OBERLEUTNANT« ZU SEHEN...

... ALS SIE ALS ELFJÄHRIGE ABZUSTEMPELN.

SIE IST EINE SOLDATIN.

GLOTZ

? ?

STILLE

HAUPTMANN, KOMMEN SIE OFT HER?

?

DAS EINZIGE, WAS SIE DABEI HAT, IST EIN MÄPPCHEN UND EINE HANDTASCHE.

LONDINIUM TIMES?

DIE ZEITUNG EINES NEUTRALEN LANDES IST SICHER GUTES LESEMATERIAL, ABER...

DER BLICK DES HAUPTMANNS WIRKT ERZÜRNT.

VIELLEICHT SEHE ICH ZU ENTSPANNT AUS AN MEINEM FREIEN TAG.

BABAMM

BING

ER WILL MICH DARAN ERINNERN, DASS ICH SELBST AN MEINEM FREIEN TAG GEFECHTSBEREIT SEIN SOLLTE. TYPISCH UGAR.

ES SCHEINT, ALS WÜRDE ER IRGENDETWAS BEOBACHTEN ...

WAS IST? HAB DAS GEFÜHL, ER IST MIT DEN GEDANKEN WOANDERS.

GRUMMEL GRUMMEL GRUMMEL

...

SCHAURIG.

DAS IST DIE AUSSTRAHLUNG DES BERÜHMTEN ASSES DER ASSE – SELBST IN DER KAISERLICHEN ARMEE EINE SELTENHEIT.

GRUMMEL

HÄ?

WARUM HABEN SIE SICH FÜR DEN WEHRDIENST GEMELDET?

DEGURECHAFF, VERZEIHEN SIE MIR, DASS ICH SO UNVERBLÜMT FRAGE.

DAS MÄDCHEN MIT DER EISERNEN MIENE ZEIGT EMOTIONEN...

AAH.

ICH FRAGE SIE NICHT ALS HAUPTMANN, SONDERN ALS IHR KOMMILITONE.

?
?
?
?

PASS ICH NICHT RICHTIG AUF?

ODER HAT ER EINE ANDERE ABSICHT?

WARUM AUSGE-RECHNET DIE ARMEE?

MIT FÄHIGKEI-TEN WIE DEN IHREN HÄTTEN SIE VIELE WEGE EINSCHLAGEN KÖNNEN.

SELBST WENN SIE MIT ELF JAHREN DEN LETZTEN RANG IM JAHRGANG EINNIMMT, SIE KÖNNTE TROTZ-DEM EINE DER ZWÖLF EHRWÜRDIGEN RITTER WERDEN.

ABER MAN NÄHM SIE SCHON ALLEINE WEGEN IHRER INTELLIGENZ IN DIE MILITÄRAKA-DEMIE AUF.

WÄRE IHR EINZIGES NENNENSWERTES TALENT IHRE MAGISCHEN KRÄFTE...

...WÄRE DIE WAHL NICHT SCHWER.

MUSTERSCHÜLER BEKOMMEN EINEN NACHLASS BEI DEN STUDIENGE-BÜHREN, MANCH-MAL SOGAR STIPENDIEN.

DAS ÜBERSPRINGEN VON KLASSEN IST AN DER MILITÄRAKADEMIE AKZEPTIERT.

ABER DANK IHRER TALENTE, OB ALS INGENIEURIN, WIS-SENSCHAFTLERIN ETC., HAT SIE DIE QUAL DER WAHL.

HÄTTE SIE NUR IHRE ANGEBO-RENE MAGISCHE SIGNATUR, WÄRE SIE NICHTS ALS EINE WAFFE.

ICH DENKE, SIE KÖNNTE UNZÄHLIGE EINSCHLA-GEN.

WEGE ...

... WAR SOLDAT.

MEIN VATER ...

WAR.

DAS HEISST, ER IST... MEIN BEILEID.

QUETSCH

HEUTZUTAGE IST DAS NICHTS BE-SONDERES.

KEINE SORGE.

WAHR-LICH TRA-GISCH.

DENNOCH, SO ETWAS IN DEM ALTER ZU BEGREIFEN.

SIE SPRICHT, ALS HÄTTE SIE SICH DARAN GEWÖHNT.

HAT SICH OBERLEUTNANT DEGURECHAFF AUS RACHE FÜR DEN WEHRDIENST GEMELDET?

WAISEN HABEN NICHT DAS RECHT, SELBST ZU WÄHLEN.

ALS WAISE KAM KEIN ANDERER WEG FÜR MICH INFRAGE.

... KÖNNTEN SIE NICHT DEN HÖHEREN BILDUNGSWEG WÄHLEN?

ABER WENN SIE GUT GENUG FÜR DIE OFFIZIERSSCHULE WAREN...

JEIN.

WIR HATTEN ES ZWAR GUT, WAREN ABER EINE GANZ NORMALE FAMILIE...

VERZEIHEN SIE MIR. ABER ICH GEHE DAVON AUS, DASS SIE AUS GUTEM HAUS KOMMEN, HAUPTMANN?

AHA.

ICH BENEIDE SIE.

TAGTÄGLICH LEBEN WIR VON DER HAND IN DEN MUND.

WAISEN HABEN KEINE WAHL.

ES SOLLTE EINE HINTERBLIEBENENRENTE FÜR DIE FAMILIEN VON SOLDATEN GEBEN.

ICH BIN EIN BASTARD, DER NICHT MAL DAS GESICHT SEINER EIGENEN MUTTER KENNT.

HAUPT-MANN.

GÄBE ES KEINE WAISENHÄUSER ...

... WÄRE ICH IN DER WILDNIS GESTORBEN.

ZWEIFELN SIE AN MEINEN FÄHIGKEITEN ALS OFFIZIERIN?

HAUPTMANN UGAR.

ABER ICH FINDE ES NICHT RICHTIG, KINDER WIE SIE IN DEN KRIEG ZU SCHICKEN.

TUE ICH NICHT.

WENN ICH SIE ALS UNFÄHIG BEZEICHNEN WÜRDE, MÜSSTEN ALLE SOLDATEN IM KAISERREICH IHRE WAFFEN NIEDERLEGEN.

DIE VORSTELLUNG, SIE AUFS SCHLACHTFELD ZU SCHICKEN, MACHT MICH VERRÜCKT.

...
SIE WIRD IN ZEHN JAHREN SO ALT SEIN WIE SIE.

MEINE NEUGEBORENE TOCHTER ...

ER HÄTTE SICH SO ETWAS FÜR SIE NICHT GEWÜNSCHT!

IHR VATER IST FÜR DAS KAISERREICH GESTORBEN.

DAS IST DER MILITÄR-DIENST.

FÜR EINEN SOLDATEN IST SO WAS UNAUS-WEICHLICH.

GLAUBEN SIE DAS ...

... ALLEN ERNSTES?

HAUPT-MANN ...

WAS IST PLÖTZLICH MIT IHNEN LOS?

ES IST...
MEI...
MEIN KIND IST ZUR WELT GEKOMMEN. EIN MÄDCHEN...
DAFÜR...
... MEINE HERZLICHEN GLÜCKWÜNSCHE.
WENN ICH SIE SEHE, FRAGE ICH MICH...
... OB ICH MEINE EIGENE TOCHTER EINES TAGES IN DIE SCHLACHT SCHICKEN MUSS.
UND...
... WAS IST DAS FÜR EINE GESELLSCHAFT, DIE IHRE KINDER IHRER KINDHEIT BERAUBT UND IN DEN KAMPF SCHICKT?
SIND SIE NICHT DER GLEICHEN MEINUNG?

HAUPTMANN ... ... SIE SIND DOCH EIGENTLICH EIN VERNÜNFTIGER TYP.
ES WÄRE BESSER, SIE LEGEN IHR AMT NIEDER.

HAUPT-
MANN.

ZU LEBEN
BEDEUTET
AUCH ZU
KÄMP-
FEN...

... ZUM
BEISPIEL,
INDEM SIE
DAGEGEN
KÄMP-
FEN, DASS
MAN IHRE
TOCHTER IN
DEN KRIEG
SCHICKT.

DIE ZEIT
IST KNAPP.
ENTSCHEI-
DEN SIE SICH
SCHNELL.

DAS
LIEGT AN
MEINER
ERZIE-
HUNG.

SIE
SPRECHEN
WIE EIN
STABSOF-
FIZIER.

...

ICH
DENKE DAR-
ÜBER
NACH.

UNSERE ROLLEN SIND VOLLKOMMEN VERTAUSCHT.

VERSTE-HE.

SIE HABEN SI-CHERLICH RECHT.

DAS MITTAG-ESSEN KOMMT.

AH.

GUTEN APPETIT.

ELTERN SIND PSYCHISCH VERÄNDERTE MENSCHEN.

TJA.

MMH.

HAUPTMANN UGAR SCHEINT GANZ SCHÖN VERWIRRT, SEIT SEIN KIND AUF DER WELT IST.

JEDENFALLS...

... WIRD HAUPTMANN UGAR NUN DIE ELITELAUFBAHN AN DER MILITÄRAKADEMIE **ABBRECHEN**!!!

MAN MUSS DEN GEGNER DANN ANGREIFEN...

... WENN SEINE FÄUSTE UNTEN SIND. DAS WEISS DOCH JEDES KIND.

ALS EINER DER ZWÖLF RITTER BEKOMMT MEIN NAME EIN »VON«, OBWOHL ICH DEN TITEL NICHT GEERBT HABE, UND MAN WIRD MICH ZUR STABSOFFIZIERIN BEFÖRDERT.

JETZT IST MIR DER WEG UNTER DIE BES-TEN ZWÖLF STUDEN-TEN DER MILITÄRAKA-DEMIE SICHER.

VON
EIN AFFIX, DAS ADELSNAMEN ZIERT. IN DER NEUZEIT FÜGTEN NEU GEADELTE EIN »VON« VOR IHREN URSPRÜNGLICHEN NACHNAMEN.

ICH HAB HAUPTMANN UGAR SOGAR DAZU GEBRACHT, MEIN MITTAGESSEN ZU BEZAHLEN.

MEIN LEBEN IST ALLES ANDERE ALS GESEGNET, ABER HEUTE IST EIN GUTER TAG.

ICH BIN HEUTE ABEND ZUM DINNER IM HAUPT-QUARTIER DES GENERALSTABS EINGELADEN... WAS DIE WOHL AUF DER KARTE HABEN?

ICH FREU MICH SCHON DARAUF!! KANN'S KAUM AB-WARTEN.

KAISERLICHE HAUPTSTADT BERN.
HAUPTQUARTIER DES GENERALSTABS.

ERSTER SPEISESAAL DES HEERES.

DIE MARINE GAB NATÜRLICH AUCH IHREN SENF DAZU.

WAS BEI DEN KAISERLICHEN SOLDATEN GAR NICHT GUT ANKAM, DENN DIE MOCHTEN ES SCHLICHT UND ZWECKMÄSSIG.

VOR JAHREN ERRICHTETE MAN IM HAUPTQUARTIER DES GENERALSTABS EINEN LUXURIÖSEN SPEISESAAL.

SIE ERWIDERTEN: »WER BRAUCHT SCHON EIN SCHIFF SO LUXURIÖS WIE EIN HOTEL, UM IN DEN KRIEG ZU ZIEHEN«.

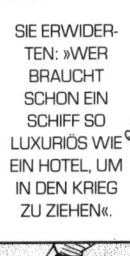

ALS REAKTION AUF DIE HÄME DER MARINE SANKTIONIERTE DER GENERALSTAB IHRE SCHIFFE UND STRICH DORT UNNÖTIGE EINRICHTUNGEN.

SIE SAGTEN, DER SPEISESAAL DES HEERES SEI »VOLLER UNNÖTIGEM SCHNICKSCHNACK«.

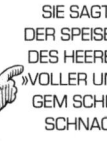

JUST WO ICH MEINE INSPEKTION IN NORDEN UND AN DER WEST-FRONT ABGE-SCHLOSSEN HABE, RUFEN DIE MICH IN DIE KAISERSTADT.

DA KANN MAN NICHTS MACHEN.

TROTZ ALLEM FINDE ICH ES ÜBERFLÜS-SIG, DASS DIE BESPRECHUNG IM SPEISESAAL STATTFINDET.

KLACK

KLACK

KLACK

OBERSTLEUTNANT LEHRGEN.
KAISERLICHE ARMEE, ABTEILUNGSLEITER
DER PERSONALABTEILUNG.

OBERST-LEUTNANT LEHRGEN TRITT EIN!

ABER DIE THEMATIK FINDE ICH PROBLEMA-TISCH!!

ABGE-LEHNT...

KRUSCHEL

ICH BIN ABSOLUT DAGEGEN.

KRUSCHEL

IN DER AKTU-
ELLEN LAGE
MÜSSEN WIR UN-
SERE STRATEGIE
REVIDIEREN.

ABER
SIE SIND ZU
SUBJEKTIV.

OBERST-
LEUTNANT
LEHRGEN,
ICH RESPEK-
TIERE IHRE
MEINUNG.

MIT SO
EINEM
SCHRITT
WÜRDEN WIR
MAGISCHE
KÄMPFER
VERGEUDEN.

ES LIEGT IN
IHRER NATUR
BIS ZUR VOLL-
STÄNDIGEN
ZERSTÖRUNG
WEITERZU-
KÄMPFEN.

ES STEHT
AUSSER FRAGE,
IHR DAS BATAIL-
LON ZU GEBEN.

DIE BEIDEN
IN KOMBINA-
TION WÄREN
WAHRLICH EIN
ALBTRAUM. SIE
WÄREN SKRU-
PELLOS.

SEINE
THEORIEN
ZUM KRIEG
SIND SICHER
AUCH AUF
IHREM MIST
GEWACH-
SEN.

SIE IST ZU
GEFÄHRLICH.
UND DANN
NOCH DIESER
AUFSATZ VON
BRIGADEGENE-
RAL SEETOUR.

... SCHÄTZEN
DIE DOZEN-
TEN DER
MILITÄRAKA-
DEMIE SIE ALS
FÜRSORGLICH
IM UMGANG MIT
ANDEREN SOL-
DATEN EIN.

TROTZ IHRER
WIEDERHOLTEN
BEHAUP-
TUNGEN...

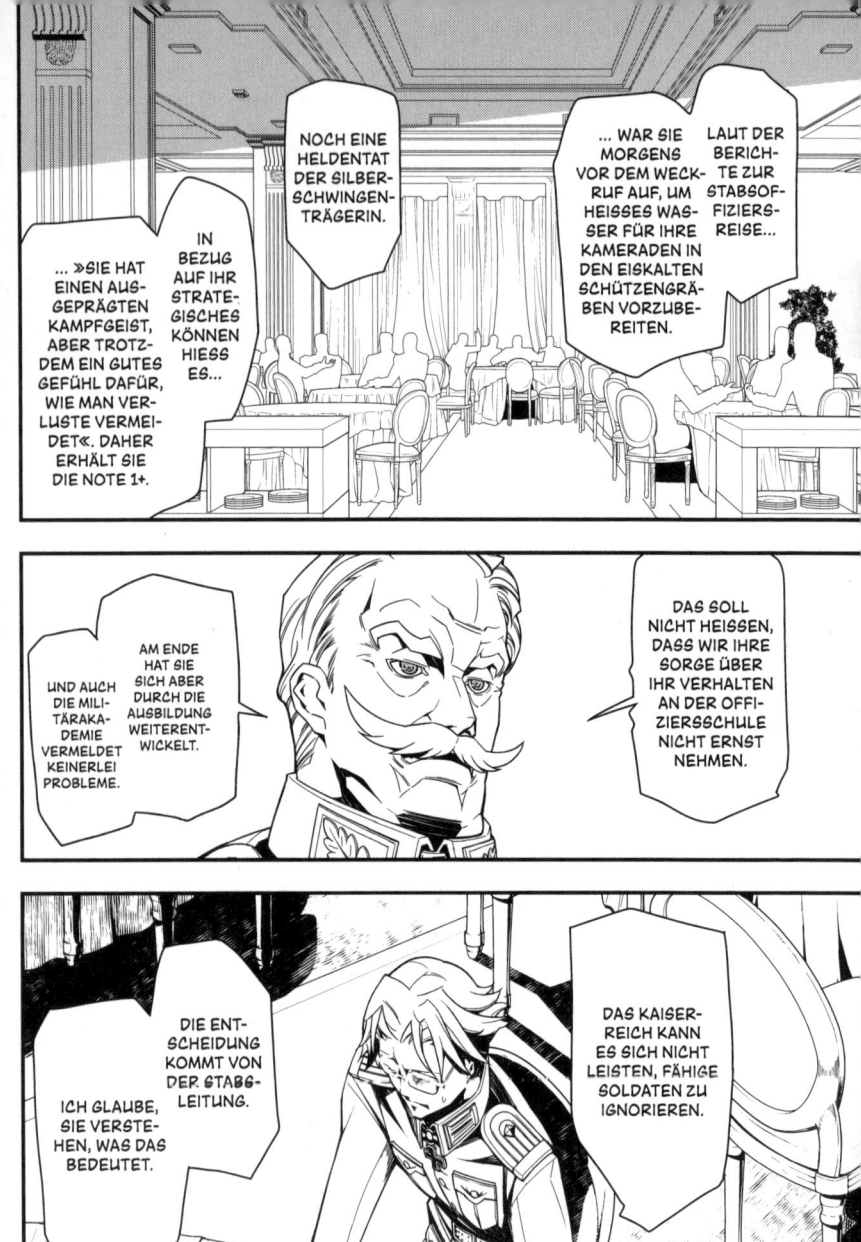

NOCH EINE HELDENTAT DER SILBER-SCHWINGEN-TRÄGERIN.

... WAR SIE MORGENS VOR DEM WECK-RUF AUF, UM HEISSES WAS-SER FÜR IHRE KAMERADEN IN DEN EISKALTEN SCHÜTZENGRÄ-BEN VORZUBE-REITEN.

LAUT DER BERICH-TE ZUR STABSOF-FIZIERS-REISE...

IN BEZUG AUF IHR STRATE-GISCHES KÖNNEN HIESS ES...

... »SIE HAT EINEN AUS-GEPRÄGTEN KAMPFGEIST, ABER TROTZ-DEM EIN GUTES GEFÜHL DAFÜR, WIE MAN VER-LUSTE VERMEI-DET«. DAHER ERHÄLT SIE DIE NOTE 1+.

UND AUCH DIE MILI-TÄRAKA-DEMIE VERMELDET KEINERLEI PROBLEME.

AM ENDE HAT SIE SICH ABER DURCH DIE AUSBILDUNG WEITERENT-WICKELT.

DAS SOLL NICHT HEISSEN, DASS WIR IHRE SORGE ÜBER IHR VERHALTEN AN DER OFFI-ZIERSSCHULE NICHT ERNST NEHMEN.

ICH GLAUBE, SIE VERSTE-HEN, WAS DAS BEDEUTET.

DIE ENT-SCHEIDUNG KOMMT VON DER STABS-LEITUNG.

DAS KAISER-REICH KANN ES SICH NICHT LEISTEN, FÄHIGE SOLDATEN ZU IGNORIEREN.

GUT.

ENT...

DER PLAN, DASS OBER-LEUTNANT DEGURECHAFF IHR EIGENES BATAILLON ERHÄLT, WIRD GENEHMIGT.

... ENT-SCHUL-DIGEN SIE MICH BITTE.

ROMP

BUMM

DAS ELENIUM 95, DIE MILI-TÄRAKADEMIE UND JETZT DIE LEITUNG EINES BATAILLONS.

IM GRUNDE GE-NOMMEN HABEN SIE SICH BEREITS ENTSCHIEDEN...

WENN SIE DANN ENDLICH ZUR BESINNUNG KOMMEN, WIRD SIE ALLE IN DEN KRIEG GEZERRT HABEN.

WESHALB IST DIE STABS-LEITUNG SO ANGETAN VON IHR?

UND DIESER AUFSATZ VON BRIGA-DEGENERAL SEETOUR.

PASST ER NICHT GENAU AUF DIE ART VON KRIEG, DIE SICH TANYA DEGURECHAFF WÜNSCHT?!

SCHLACHTPLATTE

EINE MAHLZEIT BESTEHEND AUS SCHWEINE-
FLEISCH, SAUERKRAUT, WURST UND KARTOFFELN,
DIE MAN EINKOCHT. DIESE EXTRAVAGANTE KOST
ZERSTÖRT ALLES AN VITAMIN C, WOVON ES IN DEN
SCHÜTZENGRÄBEN VIEL ZU WENIG GIBT. KANN
MAN NUR IM SICHEREN HINTERLAND GENIESSEN.

DIE TOTALE
DOMINANZ VON
SALZIG UND
SAUER!

WÄÄH...
SAUER...

DIE HABEN
DAS SCHWEI-
NEFLEISCH
NICHT LANG
GENUG EIN-
GELEGT.

OBWOHL
SIE ES EINGE-
KOCHT HABEN,
DOMINIERT
DER SALZIGE
GESCHMACK.

SCHAUDER

SCHAUDER

SCHAUDER

GÄBE ES KEINE KARTOF- FELN, WÄRE DIESE GRAUSIGE KOMBI KOMPLETT UNGE- NIESSBAR.

NICHT MAL DIE WÜRSTE SIND RICHTIG GAR.

ZUCK

ZUCK

DER BEILA- GENSALAT SCHMECKT WIE STACHEL- DRAHT.

DAS HAUPT- SPEISENBROT IST K-BROT.

STACHELDRAHT
NAME, DEN SOLDATEN GEMÜSE GEBEN, DAS DURCH TROCKENHEIT KNUSPRIG GEWORDEN IST.

K-BROT
EIN BILLIGES BROT, DAS ENTSPRECHEND DER RICHTLINIEN FÜR KRIEGSZEITEN GEBACKEN WUR- DE. EINE MISCHUNG AUS MEHL UND KARTOFFELN. SCHMECKT WIE HALB GETROCKNETE HANDTÜ- CHER. NICHT MAL ALS VOGELFUTTER GEEIGNET.

UND DAS HAT AUSWIRKUN- GEN AUF DAS BUDGET FÜR LEBENSMITTEL UND PERSONAL.

ABER SIE VERGEUDEN ZU VIEL GELD FÜR SCHÖNE MÖBEL IM SPEISESAAL.

DIE ARMEE WÜRDE ES NIEMALS ZUGEBEN, SELBST WENN MAN IHNEN GEWALT ANDROHEN WÜRDE.

IM KAMPF UM DAS SCHLECHTESTE ESSEN DER WELT!!

UNSERE ARMEE SCHEINT SICH IN EINEM KALTEN KRIEG GEGEN DAS NEUTRALE VEREINIGTE KÖNIGREICH ZU BEFINDEN.

WAS DIE KREATIVITÄT DER KÖCHE NICHT SONDERLICH ANREGT...

IM GEGENSATZ ZUR MARINE GEHÖRT ES ZUR ARMEEMENTALITÄT, SICH MIT SCHLECHTEM ESSEN ZUFRIEDENZUGEBEN.

ÄH...

HAUPTMANN?

KNACK

... UM EHRLICH ZU SEIN...

WIE SCHMECKT ES IHNEN, HAUPTMANN?

ES IST DIE SPEZIALITÄT DER STABSLEITUNG.

... ES BEEINDRUCKT MICH, WIE MAN UNS DOCH STETS ANS SCHLACHTFELD ERINNERT.

... WENN ER DAS SAGT, BEDEUTET DAS, DASS DIESES DINNER...

HAUPTMANN...

WIR SOLLTEN DEN SPEISESAAL IN »SAAL DER STETIGEN ERINNERUNG ANS SCHLACHTFELD« UMBENENNEN...

HAHAHA, IST DAS NICHT EINE AUSGEZEICHNETE ANTWORT...

... VEREHRTER HERR SEETOUR?

OBERST KODRU
KAISERLICHE ARME, GENERALSTAB. PERSONALABTEILUNG.

VERSTEHE, ABER ES IST NICHT GUT, SO WENIG ZU ESSEN, WENN MAN NOCH AM WACHSEN IST.

SCHENKEN SIE MIR KEINE BEACHTUNG.

DANKE. ABER ICH BIN TOTAL SATT.

ICH MAG IHRE EINSTELLUNG, HAUPTMANN.

SIE BRAUCHEN SICH NICHT ZURÜCKHALTEN.

DIE STABSLEITUNG LIESS DEN BRIGADEGENERAL WOHL JEDES MAL HIER SPEISEN.

DER ARME KERL.

JAWOHL.

MEIN MAGEN IST ZWAR KLEIN, ABER ICH BEMÜHE MICH, MEHR ZU ESSEN.

WIR SIND ALLERDINGS NICHT NUR WEGEN IHRER BEFÖRDERUNG HIER.

SONDERN AUCH WEGEN IHREM NEUEN EINSATZGEBIET.

HERZLICHEN GLÜCKWUNSCH ZUR BEFÖRDERUNG, HAUPTMANN DEGURECHAFF.

ABER ZURÜCK ZUM THEMA.

AH.

DANKE SEHR, OBERST.

HERZ-
LICHEN
DANK.

WIR MÖCHTEN
IHRE WÜNSCHE
DABEI BERÜCK-
SICHTIGEN.

MENSCHEN
AUS DER PERSO-
NALABTEILUNG
VERSTECKEN
SICH HINTER
EINER MASKE.
ICH MUSS AUF
DER HUT SEIN.

DESHALB WEISS
ICH AUCH, DASS
MAN SICH AUF
SOLCHE VERSPRE-
CHEN NICHT VER-
LASSEN SOLLTE.

IN MEINEM
VORHERIGEN
LEBEN WAR ICH
AUCH IN DER
PERSONALAB-
TEILUNG.

NOSTAL-
GIE-FLASH.

*NUR
EINHEITEN AN
VORDERSTER
FRONT. ICH BIN SCHEIN-
BAR HEISS
BEGEHRT.*

SCHAUEN SIE
SICH BITTE
DIESE DOKU-
MENTE AN.

AAH.

DIESE
SEITE IST
VON DER
STABSLEI-
TUNG.

SOLL
HEISSEN,
SCHAU,
DAS HIER
IST UNSER
FAVORIT.

BEI SO VIEL AUSWAHL FÄLLT MIR DIE ENTSCHEIDUNG SCHWER.

SIE HABEN DIE FREIE WAHL.

DANK IHRER KRIEGSVERDIENSTE WIRD IHNEN DIE PERSONALABTEILUNG NICHTS VORSCHREIBEN.

VERWEIGERUNG WÄRE DEFINITIV DAS SCHLECHTESTE LOS.

DIE STABSLEITUNG HAT DIE ENTSCHEIDUNGSGEWALT UND MÖCHTE, DASS ICH ZU IHNEN KOMME. NUR EIN IDIOT WÜRDE NICHT GEHORCHEN.

IN WAHRHEIT HABE ICH GAR KEINE WAHL.

ICH WEISS NICHT, WAS IHNEN DIE STABSLEITUNG BEFEHLEN WIRD.

ICH WÜNSCHE IHNEN VIEL GLÜCK.

ES GAB IN DER GESCHICHTE NIE SO ETWAS WIE LOCKERE ARBEIT.

DAS STIMMT!!

DANKE OBERST KODRU.

ICH MUSS SIE NUN VERLASSEN.

SO.

BEDAUERLICHERWEISE KANN ICH NICHT ZUM DESSERT BLEIBEN.

BIS ZUM NÄCHSTEN MAL.

ALSO DANN...

... LASSEN SIE UNS ZUM GESCHÄFTLICHEN TEIL KOMMEN.

JAWOHL. DANKE FÜR IHRE BEMÜHUNGEN.

AUCH WENN ICH NICHT IHR DIREKTER VORGESETZTER BIN, STELLEN SIE SICH BITTE VOR, DASS SIE UNTER MIR ARBEITEN.

SIE WERDEN DEM GENERALSTAB ZUGEWIESEN.

SIE IST EINE KRIEGSVETERANIN, DIE GERADE VOM SCHLACHTFELD ZURÜCKGEKEHRT IST. IHR ALTER SPIELT KEINE ROLLE MEHR.

NICHTSDESTOTROTZ, SIE HAT DAS ZEUG, EINER DER ZWÖLF RITTER ZU WERDEN.

ERNSTHAFT. DASS DER TAG KOMMEN WÜRDE, AN DEM MAN MIR EINE ELFJÄHRIGE UNTERSTELLT...

DIE STABSLEITUNG MÖCHTE IHNEN DIE FÜHRUNG ÜBER EIN EIGENES BATAILLON GEBEN.

HAUPTMANN.

... NUR WEIL SIE NICHT DER NORM ENTSPRICHT.

ICH MACHE KEINE UNTERSCHIEDE...

JAWOHL.

ICH FÜHLE MICH GEEHRT.

VIELE IHRER DOZENTEN HABEN SIE ALS OFFIZIERIN EINGESTUFT, DIE SICH FÜR DEN NAHKAMPF EIGNET.

LAUT DER MILITÄRAKADEMIE IST DAS MÄDCHEN ÄUSSERST EHRGEIZIG.

SELBST WENN WIR SIE JETZT MIT SOLDATEN AN DIE FRONT SCHICKTEN, WÜRDE SIE DIE AUFGABE MEISTERN.

SIE SCHEINT SICH KEIN BISSCHEN DAVOR ZU FÜRCHTEN, EIN BATAILLON ZU LEITEN, OBWOHL SIE NICHT MAL EINE KOMPANIE GEFÜHRT HAT.

ICH BAUE DARAUF, DASS SIE VERSCHIEDENSTE FUNKTIONEN EINNEHMEN WIRD.

ALS MAGISCHE OFFIZIERIN GEHÖRT SIE ZU DEN WENIGEN, DIE DIE MILITÄRAKADEMIE ABSOLVIERT HABEN.

IN ORDNUNG.

UNS STEHEN VIELE HINDERNISSE BEVOR.

MORGEN WERDEN SIE ZUM ORGANISATORISCHEN OFFIZIER ERNANNT.

NEU GRÜNDEN?

WIR WERDEN FÜR SIE EIN KOMPLETT NEUES MAGIER-BATAILLON GRÜNDEN.

ORGANISATORISCHER OFFIZIER?

DAS KLINGT... ZIEMLICH ANSPRUCHSLOS.

BIN ICH ZUM HAUPTMANN BEFÖRDERT WORDEN, DAMIT ICH EIN BATAILLON ORGANISIERE?

HERVOR-
RAGEND.
WIRKLICH
VIELVERSPRE-
CHEND.

WÄRE SIE EIN
MANN, WÜRDE
ICH IHR MEINE
ENKELIN ZUR
BRAUT GEBEN.

ICH HÄTTE
BEINAHE VERGES-
SEN, DASS DIE
SOLDATIN VOR
MEINEN AUGEN
EIN KIND IST.

ZU VIEL-
VERSPRE-
CHEND...

ES IST PROBLEMATISCH, EINEM HAUPTMANN DIE LEITUNG ÜBER EIN BATAILLON ZU GEBEN ...

WIR MÜSSEN SIE ZUM MAJOR BEFÖRDERN, DAMIT SIE DIE NEUFORMATION ERFOLGREICH DURCHFÜHREN KÖNNEN.

VERSTEHE ICH ES RICHTIG, DASS ICH DAS BATAILLON LEITEN WERDE?

GEBEN SIE ALLES, DAMIT IHR PLATZ ALS MAJOR UND BATAILLONSLEITUNG GESICHERT IST.

SIE HAT SCHEINBAR NICHT VERGESSEN, DASS SIE SICH EIN EIGENES BATAILLON GEWÜNSCHT HAT.

VON EINEM BRIGADEGENERAL.

OHNE ZWEIFEL BRAUCHT MAN DAFÜR ENTSCHLOSSENHEIT.

ICH MUSS WOHL DAVON AUSGEHEN, DASS ALLE UM MICH HERUM DAGEGEN SEIN WERDEN?

DAS IST IHNEN DOCH LÄNGST ...

... KLAR GEWESEN.

... ÜBER DAS BATAILLON GEBEN WIRD?

KANN ICH DAVON AUSGEHEN, DASS MAN MIR KOMPLETTE KONTROLLE ...

ICH WERDE MICH DARUM KÜMMERN, DASS IHR BATAILLON SOLDATEN UND AUSRÜSTUNG ERHÄLT.

GANZ GENAU.

SIE IST SEHR VORSICHTIG. EINE WICHTIGE EIGENSCHAFT FÜR EINEN STABSOFFIZIER.

SIE IST BESORGT UM IHREN RUF, WEIL SIE EIN BATAILLON ERHÄLT, OHNE EINE IMMEDIATENEINGABE.

ABER SIE DÜRFEN KEINE TALENTE VON DER WEST- ODER NORDFRONT NEHMEN.

MIT 48 MANN WÄRE DAS SOGAR EIN VERSTÄRKTES BATAILLON. DANKE SEHR.

SIE KÖNNEN DAS BATAILLON NACH BELIEBEN AUFSTELLEN – SO LANGE ES NICHT 48 MANN ÜBERSCHREITET.

ES SOLL EIN AEROMAGISCHES BATAILLON WERDEN, DIE TRUPPENGATTUNG SOLL ZU IHNEN PASSEN.

VERSTÄRKTES MAGISCHES BATAILLON

FÜR GEWÖHNLICH WERDEN MAGIER IN VIERKÖPFIGE ZÜGE, ZWÖLFKÖPFIGE KOMPANIEN UND 36-KÖPFIGE BATAILLONE EINGETEILT. EIN BATAILLON MIT 48 MANN BILDET MAN NUR FÜR SONDERMISSIONEN.

DER
POSTEN DES
BATAILLONS-
FÜHRERS
IST SEHR
BELIEBT.

SIE
SCHEINT
DARÜBER
SEHR
ERFREUT.

ABSOLUT.

ALLE
WERDEN
SIE DARUM
BENEIDEN.

... MAN KANN
SELBST IM KRIEG
KÄMPFEN UND
IHN GLEICHZEI-
TIG LENKEN.

FÜR
TOPSOLDATEN
IST DAS IDEAL.

WAS
SO VIEL
HEISST
WIE...

DENN MAN
IST AUF DEM
SCHLACHTFELD
UND HAT GLEICH-
ZEITIG EINEN
GEWISSEN GRAD
AN AUTONOMIE IN
DER FÜHRUNG.

VERSTE-
HE.

ICH
BEMÜHE
MICH UM
EINE GUTE
WAHL.

ES GIBT
ZWAR KEI-
NEN KON-
KRETEN
TERMIN,
ABER SO
SCHNELL
WIE MÖG-
LICH.

BIS
WANN
MUSS ICH
DAS BA-
TAILLON
BILDEN?

... WOHLWOLLEND ZEIGEN. IN SEINEN AUGEN HAT ER MIR DAS GROSSE LOS ÜBERREICHT.

DER BRIGADEGENERAL WOLLTE...

... MIR AUFSTIEGSCHANCEN BIETEN UND SICH...

KLACK

KLACK

KLACK

ABER DAS IST GLEICHZEITIG DER ABSCHIED EINER KARRIERE FERN DER FRONT.

KLACK

KLACK

ICH VERSTEHE DAS JA ALLES.

KLACK

KLACK

WENN ICH DAS ÜBERLEBE.

ZUMINDEST STEHE ICH UNTER DIREKTER KONTROLLE DER STABSLEITUNG.

... MEINE SOLDATEN GRÜNDLICH AUSSUCHEN.

KLACK

ICH WERDE ...

KLACK

KLACK

ICH MUSS HÜRDEN ER-RICHTEN, DAMIT BESONDERS SCHLIMME KRIEGSTREIBER ES NICHT REIN SCHAFFEN.

EIN TRAINING SO GRAUSAM, DASS SIE ES ALS HÖLLE BEZEICHNEN.

ALLE FREI-WILLIGEN WERDEN SO-FORT IN DEN RUHESTAND GESCHICKT.

KLACK

KLACK

WENN ES DANN SO WEIT IST, WIRD MIR DIE STABSLEITUNG EINE STELLE MIT BESSEREN BEDINGUNGEN GEBEN.

WENN SICH DIE GERÜCHTE DARÜBER VERBREITEN...

... WIRD SICH KEINER TRAUEN HERZUKOMMEN, EGAL WIE TAPFER ODER PATRIOTISCH.

GUT!!

SO MÜSSTE ES KLAPPEN!!!

ICH SEHE MEINE KARRIERE IM HINTERLAND SCHON VOR MIR!!!

ENDE KAPITEL: 08

KRIEGSGESCHICHTE EINES KLEINEN MÄDCHENS
FORTSETZUNG FOLGT...

Glossar Kapitel : 07

MARSCH

FORTBEWEGUNG ÜBER EINE LANGE STRECKE, AUF DER DIE SOLDATEN DURCHGÄNGIG EINE FORMATION BILDEN.
MAN UNTERSCHEIDET ZWISCHEN ROUTENMÄRSCHEN, DIE IN REAKTION AUF EINEN FEINDKONTAKT DURCHGEFÜHRT
WERDEN, SCHLACHTAUFMÄRSCHEN SOWIE EIL- UND NACHTMÄRSCHEN.

ROUTENMARSCH

AUF DIESEM MARSCH WERDEN SOLDAT UND AUSRÜSTUNG VOR ÜBERANSTRENGUNG UND ABNUTZUNG GESCHONT.
MAN MACHT HÄUFIG PAUSE, MARSCHIERT MIT LEICHTER KLEIDUNG, AUSRÜSTUNG UND SCHUSSWAFFEN WERDEN IN
SCHUTZHÜLLEN GETRAGEN UND MAN RASTET BEI EINSETZENDEN REGENFÄLLEN UND SANDSTÜRMEN.

SCHLACHTENAUFMARSCH

MAN IST AUF FEINDKONTAKT GEFASST UND HAT WÄHREND DES MARSCHES STETS SEINE WAFFE ZUR HAND.

EILMARSCH

IM FALLE, DASS MAN EILIG DAS ZIELGEBIET ERREICHEN MUSS, WERDEN ANZAHL UND LÄNGE DER RUHEPAUSEN
LIMITIERT UND ES WIRD MIT ERHÖHTER SCHRITTGESCHWINDIGKEIT MARSCHIERT.

NACHTMARSCH

AUSSER IN FÄLLEN, IN DENEN EILE GEBOTEN IST, NUTZT MAN BEI DIESEM MARSCH DIE DUNKELHEIT DER NACHT FÜR
GEHEIME BEWEGUNGEN. DIESE ART DES MARSCHES IST AUCH SINNVOLL, WENN MAN DIE HITZE DER MITTAGSZEIT
VERMEIDEN WILL.

DIE MARSCHGESCHWINDIGKEIT WIRD DURCH DIE TRUPPENGRÖSSE UND ANDERE FAKTOREN BESTIMMT. MAN SAGT,
DASS FUSSTRUPPEN UNGEFÄHR EINE STRECKE VON 42 KILOMETERN AN EINEM TAG ZURÜCKLEGEN KÖNNEN.

WÄHREND MÄRSCHEN WERDEN HÄUFIG LAGER AUFGESTELLT, DENN DIE KÖRPERLICHEN UND SEELISCHEN
BELASTUNGEN SIND GROSS. DIE SOGENANNTEN MARSCHKRANKHEITEN KOMMEN UNTER SOLDATEN HÄUFIG VOR:
WUNDGESCHEUERTE STELLEN, STRESSFRAKTUREN UND ERFRIERUNGEN.

SCHWERES GESCHÜTZ

JE NACH ARMEE UNTERSCHEIDET SICH ZWAR DIE DEFINITION, ABER IN DER REGEL WERDEN KANONEN MIT EINEM
MÜNDUNGSLOCHDURCHMESSER VON ÜBER 150 MM ALS SCHWERE GESCHÜTZE BEZEICHNET.

SIE WERDEN HAUPTSÄCHLICH VON ARMEEKORPS UND KANONIERKORPS SOWIE KANONIEREN, DIE UNTER DEM
DIREKTEN BEFEHL DER KOMMANDANTUR STEHEN, ANGEORDNET UND HÄUFIG STRATEGISCH EINGESETZT,
ZUM BEISPIEL ALS UNTERSTÜTZUNG FÜR FUSSTRUPPEN ODER UM FESTUNGEN UND ÄHNLICHE GEFESTIGTE
STELLUNGEN ZU ZERSTÖREN.

DIESE KANONEN MIT GROSSEN MÜNDUNGSLÖCHERN UND GROSSER REICHWEITE SIND EXTREM EFFEKTIV –
SOLANGE SIE TREFFEN UND IHRE POSITION GEHEIM GEHALTEN WIRD. FÜR EINE GENAUE TREFFERBESTÄTIGUNG
SIND SPÄHER ERFORDERLICH.

BAJONETTANGRIFF

ANGRIFF MIT AUSGESTRECKTEM BAJONETT. VOR DER ERFINDUNG DER AUTOMATISCHEN SCHUSSWAFFEN WAR
DER ZEITAUFWAND BEIM NACHLADEN VON KUGELN HOCH. MIT DEM BAJONETT KONNTE MAN WÄHRENDDESSEN
ANGREIFER BEI DIREKTEM FEINDKONTAKT STELLEN. JE MEHR SICH DIE TAKTISCHE EFFEKTIVITÄT DES BAJONETTS
VERBESSERTE, DESTO ÖFTER ERSETZTE MAN PIKENIERE DURCH GEWEHRSCHÜTZEN. SO ETABLIERTE SICH DER
BAJONETTANGRIFF ALS STRATEGIE.

DA DURCH DIE ERFINDUNG VON AUTOMATISCHEN FEUERWAFFEN DIE NACHLADEZEIT RASANT VERKÜRZT WURDE,
SANK DIE EFFEKTIVITÄT VOM BAJONETTEN WIEDER.

IN MODERNEN SCHLACHTEN IST DIE TAKTISCHE EFFEKTIVITÄT DES BAJONETTANGRIFFS NIEDRIG. TROTZDEM
GIBT ES IMMER NOCH MENSCHEN, DIE SICH AN DIE MORALISCHE STÄRKUNG DES BAJONETTS IM SYMBOLISCHEN
SINNE ERINNERN. MAN MUNKELT, DASS SOLDATENTRUPPEN VON GEWISSEN NÖRDLICHEN LÄNDERN DEN
BAJONETTANGRIFF NACH WIE VOR ALS STRATEGIE ANWENDEN.

CIRCA **40 JAHRE** NACH DEM WELTKRIEG.

DIE KRIEGSGESCHICHTE EINES KLEINEN MÄDCHENS
KAPITEL: 09

EINHEITLICHER KALENDER. 1967.
HAUPTSTADT DES VEREINIGTEN KÖNIGREICHS, LONDINIUM.

HERZLICHEN DANK, HERR CHEFREDAKTEUR.

IHR DOKUMENTARFILM »DIE WAHRHEIT DES SCHLACHTFELDS«.

ANDREW, IHR PROJEKT WURDE GENEHMIGT.

ES GIBT VIELE RÄTSEL UM DEN WELTKRIEG.

DANKE. ABER...

... JETZT KOMMT ERST DER SCHWIERIGE TEIL.

MEINE GLÜCKWÜNSCHE, ANDREW.

WEGEN DEM DURCHEINANDER NACH KRIEGGENDE SIND VOR ALLEM DIE UNTERLAGEN DES IMPERIUMS WIRKLICH RÄTSELHAFT.

ES IST NICHT MEIN ZIEL, SIE ZU VERURTEILEN.

PORTRÄTIEREN SIE DAS KAISERREICH ALS VERLIERER ODER GAR BÖSEWICHT?

IN WELCHE RICHTUNG SOLL DIE DOKU DENN GEHEN?

ICH WILL DIE WAHRHEIT DES KRIEGES ANS LICHT BRINGEN.

ABER ICH MÖCHTE HERAUSFINDEN, WAS PASSIERT IST.

VOR 40 JAHREN...

... WAR ICH ZU KRIEGSZEITEN EIN JUNGER KRIEGSBERICHT-ERSTATTER.

WIE VIELE ANDERE MEINER GENERATION, DIE AM KRIEG BE-TEILIGT WAREN, MÖCHTE ICH DIE WAHRHEIT ERFAHREN.

ZUERST UNTERSUCHTEN WIR DIE SEEKATASTROPHE VON DAKAR. EIN SCHOCKIERENDES EREIGNIS, DAS ALLEN IM GEDÄCHTNIS GEBLIEBEN WAR.

... DIE MAN ENDLICH FREIGEGEBEN HATTE. DARAUF KONZENTRIERTEN WIR UNS ZU ANFANG.

ES GAB STRENG GEHEIME UNTERLAGEN AUS DEM VEREINIGTEN KÖNIGREICH...

DAS FLAGGSCHIFF »HOOD« SOWIE SIEBEN WEITERE SCHIFFE WURDEN VOLLKOMMEN ZERSTÖRT.

TEIL DER STRATEGIE WAR DER EINSATZ DER ZWEITEN MARINEFLOTTE DES VEREINIGTEN KÖNIGREICHS.

DAS VEREINIGTE KÖNIGREICH HATTE SIE GEOPFERT, UM VOM ÜBERRASCHUNGSANGRIFF AUF DAS KAISERREICH ABZULENKEN.

DAS WAR DER WAHRE GRUND, WESHALB MAN DIE ZWEITE MARINEFLOTTE DES VEREINIGTEN KÖNIGREICHS VORSCHICKTE.

DAS KAISERREICH TAPPTE IN DIE FALLE UND SCHICKTE ALL IHRE ABFANGTRUPPS NACH DAKAR.

ANDREW REPORT: DAS
MYSTERIUM DER »ZEHNTEN
GÖTTIN« UND DER »V600«

DIE KRIEGSGESCHICHTE
EINES KLEINEN MÄDCHENS

KAPITEL: 09

HERR A (FALSCHER NAME). KRIEGSHISTORIKER.

AAH.

AN DER STELLE SIND SIE NICHT WEITERGEKOMMEN?

EIN INTERESSANTES THEMA, DAS UNTER KRIEGSHISTORIKERN HEISS DISKUTIERT WIRD.

DIE VERMUTUNG IST, DASS ES SICH UM DEN CODENAMEN EINES SPIONS ODER HOCHRANGIGEN OFFIZIERS HANDELT.

DER ELFSTELLIGE CODE XXXXXXXXXXX TAUCHT VEREINZELT IN DEN BERICHTEN VON VERSCHIEDENEN FRONTEN AUF.

WIR VERSUCHEN, ERZÄHLUNGEN VOM SCHLACHTFELD SORGFÄLTIG ZU ANALYSIEREN.

WIR HABEN DEN CODE MIT TAROTKARTEN IN VERBINDUNG GEBRACHT.

UND BEGANNEN MIT UNSEREN NACHFORSCHUNGEN ZUR »ELFTEN GÖTTIN«.

XI

JUSTICE

HERMIT

0

THE SUN

WIEDER »GÖTTIN«. HIER AUCH »GÖTTIN«.

DAS IST...

UND AN DER RHEIN-FRONT.

BEI DER SCHLACHT VON DAKIA LESE ICH AUCH WIEDER »GÖTTIN«.

ANDREW. AN DER WEST-FRONT TAUCHT DIE »ELFTE GÖTTIN« AUCH WIEDER AUF...

DAS ERGEBNIS DER NACH-FORSCHUN-GEN WAR ÜBERRA-SCHEND.

... WAR DURCHWEG VON DER »ELFTEN GÖTTIN« DIE REDE.

IN BEZUG AUF ALLE GROSSANGELEGTEN MILITÄRAKTIONEN DES KAISERREICHS...

DIE GÖTTIN WAR WOHL EINE SPIONIN ODER AGENTIN.

WIR TREFFEN HEUTE EINEN MANN, DER ALS GEHEIMAGENT FÜR DIE ALLIIERTEN ARBEITETE.

DIE INFO KOMMT VOM NACHRICHTENDIENST EINES LANDES, DAS BEIM GRENZKONFLIKT IN NORDEN DABEI WAR.

ZUM ERSTEN MAL TAUCHT SIE ZWEI JAHRE VOR BEGINN DES WELTKRIEGES AUF.

ES KÖNNTE SEIN, DASS ER AUCH IN NORDEN WAR.

VERSUCHEN SIE, IHN ÜBER DIE »ELFTE GÖTTIN« ZU BEFRAGEN.

DIE »ELFTE GÖTTIN«?

HERR B (FALSCHER NAME). EHEMALIGER GEHEIMAGENT DER ALLIIERTEN ARMEE.

TELEPHONE

DAS MUSS DER SCHLECHTESTE WITZ SEIN, DEN ICH JE GEHÖRT HABE.

... NENNEN WIR DER EINFACHHEIT HALBER DIE ELF ZEICHEN EINES UNBEKANNTEN CODES, DEN WIR AUF GEHEIMEN DOKUMENTEN FANDEN.

ENTSCHULDIGEN SIE. DIE »ELFTE GÖTTIN«...

SELTSAM NUR...

... WIE SENSIBEL EIN TEIL DER PERSONEN, DIE AN DER FRONT WAREN, AUF DIE BEZEICHNUNG »ELFTE GÖTTIN« REAGIERT.

KANN ES SEIN, DASS DIE ELF X-ZEICHEN ZUFÄLLIG AUFTAUCHEN...

... UND WIR DA VERSCHIEDENE DINGE DURCHEINANDERBRINGEN?

WÄRE MÖGLICH.

WIR SOLLTEN UNS AUF DIE FÄLLE KONZENTRIEREN, DIE UNS AUF GRUNDLAGE VON KONTEXT UND REGION AM WAHRSCHEINLICHSTEN ERSCHEINEN.

... IM ZUSAMMENHANG MIT WELCHEM KRIEGSSCHAUPLATZ DER X-CODE AM HÄUFIGSTEN AUFTAUCHTE.

WIR FANDEN HERAUS ...

DEM LUFTKRIEG AM RHEIN.

MAN SAGTE, DER ORT BESTÜNDE »ZU DREI TEILEN AUS HIMMEL, ZU SIEBEN TEILEN AUS BLUT«. EIN AEROMAGISCHER KRIEG IM LUFTSCHUTZAREAL DES RHEINS.

BEKANNT ALS AUSNAHMEKRIEGSGEBIET.

»DER RHEIN, AN DEM DIE TEUFEL LEBEN«.

»DER FRIEDHOF DER NAMHAFTEN«

»DAS SCHLACHTFELD, AUF DEM SOGAR SILBER ROSTET«.

ZUFÄLLIGERWEISE HATTEN MEIN KOLLEGE CRAIG UND ICH ALS KRIEGSBERICHTERSTATTER DEN LUFTKRIEG AM RHEIN SELBST MITERLEBT.

IN FRIEDLICHEN ZEITEN WIE DIESEN KLINGT DAS ÜBERTRIEBEN ODER GAR SKURRIL.

ABER ICH KANN VERSICHERN...

... ES IST VOLLKOMMEN WAHR.

AN DIESEM ORT...

... EXISTIERTE DER TEUFEL WIRKLICH.

DAS WAR DAMALS NICHT UNGEWÖHNLICH.

ICH HABE DAS SELBST MINDESTENS DREIMAL ERLEBT.

ABER WENIGE STUNDEN SPÄTER SIND SIE AUF SEINER BEERDIGUNG, SEIN KÖRPER EIN UNKENNTLICHER FLEISCHHAUFEN.

STELLEN SIE SICH VOR, SIE TREFFEN IHREN SEELENVERWANDTEN IN EINER BAR.

WAR ES SO SCHRECKLICH?

AN DIESEM VERFLUCH-TEN ORT VERLIERT DER MENSCH SEINE MENSCH-LICHKEIT.

DIE ERINNE-RUNG FÜHLT SICH NOCH SO LEBENDIG AN, ALS WÄRE ES GESTERN GEWESEN.

DAS WAREN DIE LETZTEN WORTE EINES BEFREUNDETEN AEROMAGIERS, BEVOR ER GETÖ-TET WURDE.

AUF JENEM SCHLACHTFELD VERSAMMELTE SICH DER GANZE WAHNSINN DER MENSCHHEIT.

IRGEND-
WAS IST
SELTSAM
AN DER
RHEIN-
FRONT.

ES GIBT
ZU VIELE
GEHEIME
DOKUMENTE
...

... IN
DENEN DIE
»ELFTE
GÖTTIN«
AUFTAUCHT.

SIE SCHWIE-
GEN GEGEN-
ÜBER ALLEN,
DIE NICHT
BETEILIGT
WAREN.

INTERVIEWS
MIT DAMALIGEN
ANGESTELLTEN
DES IMPERIUMS
WAREN VER-
GEBLICH.

DANN
EXISTIERT
SIE WIRK-
LICH.

DIE
»ELFTE
GÖTTIN«.

ES IST
NUN AN
DER ZEIT.

SEIN WUNSCH
WAR ES, DASS
WIR ES VERÖF-
FENTLICHEN,
SOLLTE UNSER
KONTAKT AB-
BRECHEN.

TATSÄCHLICH
LIEFERTE
UNS EIN
OFFIZIER AUS
DEM KAISER-
LICHEN GE-
NERALSTAB
...

... EIN
WICHTIGES
SCHLÜS-
SELWORT.

»V600«.

DAS
IST DER
SCHLÜS-
SEL ZUR
»ELFTEN
GÖTTIN«.

DIE FORMATION V600 EXISTIERTE IN DEN IMPERIALEN TRUPPENBERICH-TEN, DIE IN DER NACHKRIEGSZEIT VERÖFFENTLICHT WURDEN, NICHT.

V600.

ZÄHLTE MAN ALLE REGIONA-LEN ARMEEN DAZU, KAM MAN IN DIE V400ER.

FORMATIONEN DER KAISERLICHEN ARMEE BEGANNEN MIT DER NUMME-RIERUNG V000 FÜR EINHEITEN DER ZENTRALARMEE.

EIN TEIL DER EXPERTEN BEHAUPTET, DASS DIE UNGEWÖHN-LICHE V600-NUM-MERIERUNG FÜR GEHEIME ZWECKE GESCHAFFEN WURDE.

ES IST MÖGLICH, DASS SIE FÜR EXPERIMENTELLE SPEZIALEINHEITEN VORGESEHEN WAR.

ABER LAUT DER VERÖF-FENTLICHTEN DOKUMENTE SIND DIESE IN V000 ODER V500 EINGE-GLIEDERT.

AUSNAHMEN BILDETEN DIE EINHEI-TEN DES ZENTRALEN TECHNIKINS-TITUTS.

IM VERGLEICH ZU DEN WAFFEN ANDERER LÄNDER MACHTEN SIE MASSIVE FORTSCHRITTE IN IHRER OPTIMIERUNG.

AUS GEOPOLITISCHEN GRÜNDEN MUSSTE SICH IHR MILITÄR AUF EINE KLEINE ELITE VERLASSEN.

DAS KAISERLICHE INGENIEURSAMT... ICH VERSTEHE, ABER IN DIESER DIMENSION?

AH, SCHAUEN SIE SICH DAS MAL AN.

CHEFINGENIEUR ADELHEID VON SCHUGEL.

ES SCHEINT EINE VERBINDUNG ZU EINEM INGENIEUR ZU GEBEN.

VOM ZENTRALEN TECHNIKINSTITUT, MIT MÖGLICHEM BEZUG ZUR »ELFTEN GÖTTIN«.

ER SCHEINT NOCH ZU LEBEN. WIR SOLLTEN IHN TREFFEN.

ER WAR HAUPTENTWICKLER DES ELENIUM 97 RECHENJUWELS...

...FÜR »STURMANGRIFFE«...

EIN GENIE INMITTEN DES KRIEGES.

EIN PRIESTER SEINER KIR-CHENGEMEINDE ARRANGIERTE EIN TREFFEN FÜR UNS.

DER GOTTES-FÜRCHTIGE UND GLÄUBIGE HERR VON SCHUGEL VERPASST NIE EINE SONNTAG-MORGENMESSE.

AN DIESEM HEILIGEN GEBETSTAG GÄSTE VON SO WEIT HER ZU EMPFANGEN...

... IST MIR WAHR-LICH EINE FREUDE.

EHEMALS KAISERLICHE ARMEE, ZENTRALES TECHNIKINSTITUT, CHEFINGENIEUR. ADELHEID VON SCHUGEL

DIES IST WOHL DER WILLE GOTTES.

ES TUT MIR LEID, FALLS ICH SIE BELEIDIGT HABE.

VERRÜCKTER WISSENSCHAFTLER?

ÄH, DAS IST MIR SO RAUSGERUTSCHT.

EY, ER KÖNNTE DICH HÖREN.

... EXZENTRISCHE, VERRÜCKTE WISSENSCHAFTLER.

ICH DACHTE, DIE INGENIEURE DES IMPERIUMS SEIEN ALLESAMT...

DAS WAR MEIN EINDRUCK VOM FOTO...

MACHT NICHTS. ICH HABE MEINE FEHLER BEREITS EINGESEHEN.

DER HERR ZEIGT UNS DEN WEG AUS JEDEM IRRGARTEN.

DOKTOR. ES IST SO WEIT.

WIR WÜRDEN GERNE MEHR ÜBER DIE EINHEITEN MIT DER NUMMERIERUNG V800 ERFAHREN.

DR. SCHUGEL, LASSEN SIE UNS KEINE ZEIT VERLIEREN.

... MIT DIESER NUMMER.

STIMMT. DA WAR ETWAS...

JA, GENAU.

V600 ...

... DIESE EINHEITEN-NUMMER HAT ES NIE GEGEBEN.

GEHEN SIE DIE AR-CHIVIERTEN DOKUMENTE DURCH.

IST ES FÜR JOURNALISTEN NICHT WICHTIG, BEI DER WAHRHEIT ZU BLEIBEN?

ER ERLÖSTE UNS VON DER PEIN, DIE UNS SCHON FAST EINEN MONAT QUÄLTE.

... TRAFEN WIR AUF DER SUCHE NACH WAHRHEIT EINEN MILITÄR-VERWALTUNGS-EXPERTEN.

DANACH ...

... WAS WAR SIE DANN?

WENN V600 KEINE NUMMER EI-NER EINHEIT WAR...

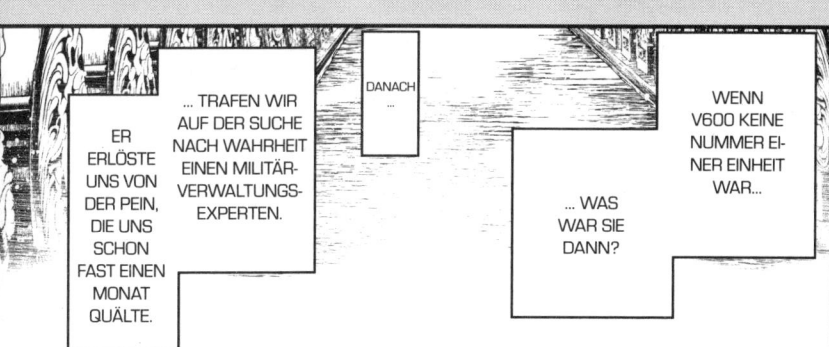

VXXX-NUMMERN ...

... SIND KEINE EINHEITEN-NUMMERN, SONDERN ORDNUNGS-NUMMERN.

SIE IRREN SICH.

HERR C (FALSCHER NAME). MILITÄRVERWALTUNGSFORSCHER.

UNTERSCHEI-DEN SICH ORDNUNGS-NUMMERN DENN VON EINHEITEN-NUMMERN?

DAS WAR FÜR SIE EINE SACKGASSE, WEIL SIE IN IH-REM TEAM KEI-NEN EHEMALI-GEN SOLDATEN HABEN.

ICH VER-STEH NUR BAHN-HOF.

SIE SIND DAS GLEI-CHE.

HÄ?

WELCHE ZIFFER DER V600 IST DENN DIE ORDNUNGS-NUMMER?

... HÄTTE MAN NICHT EHER DARAUF VERZICHTET, UM EINE FAL-SCHNUTZUNG ZU VERMEI-DEN?

IN FÄLLEN, IN DENEN DIE ZUWEISUNG EINER EINHEIT NOCH NICHT EINDEUTIG FESTGELEGT WAR...

ORDNUNGSNUMMER V101 → **101 EINSATZTRUPPE**

IN DER KAISERLICHEN ARMEE FUNKTIONIERTE DAS MILITÄRSYSTEM SO, DASS DIE VERWALTUNGSABTEILUNG EINHEITEN ZUSAMMENSTELLTE, UND DIE STRATEGISCHE ABTEILUNG SIE DANN EINSETZTE.

FÜR GEWÖHNLICH, NUTZTE MAN IM EINSATZ DIE NUMMER, DIE VON DER VERWALTUNG FESTGELEGT WURDE, ABER ES GAB AUCH AUSNAHMEN.

XI

JUSTICIA

ORDNUNGSNUMMER V6XX
↓
????

... ABER WENN EINE EINHEIT HINTERHER EINGESETZT WURDE, WAR ES MÖGLICH, DASS MAN IHR EINE ANDERE EINHEITENNUMMER ZUWIES.

DAS HEISST ALSO, DIE V600-NUMMERN EXISTIERTEN ALS ORDNUNGSNUMMERN...

WIR ENTSCHIEDEN SPONTAN, UNSERE RECHERCHEN IN EINEM BIERGARTEN FORTZUSETZEN, UND VERBRACHTEN MIT DEM TEAM DEN GANZEN TAG DORT.

LANGSAM VERSTEHE ICH ES.

UND EINE PERSON DIESER EINHEITEN MUSS DIE »ELFTE GÖTTIN« SEIN...

ER GLAUBTE, WIR HÄTTEN SO VIEL RECHER-CHIERT, DASS WIR SEINEN RAT BEGREIFEN WÜRDEN.

ALLERDINGS HAT ER SICH VERKALKU-LIERT.

... OHNE ZWEI-FEL DENKT, DASS WIR AUF DER SUCHE NACH ETWAS SEHR SELTSA-MEM SIND.

ICH GLAU-BE, DASS DER WEISE HERR VON SCHUGEL ...

GUT.

LASST UNS DIE V600-NUM-MERN SOR-TIEREN UND EINE LISTE ERSTELLEN.

URGH?

VOLL VERKATERT...

HIER IST ES, CRAIG. DIE ORDNUNGS-DATEN DER VERWALTUNGS-ABTEILUNG DES KAISERLICHEN GENERALSTABS.

V600 ...

𝕌 - 0600

ANDREW, SIND SIE IN DEN UNTER-LAGEN DA DRÜBEN?

V300

WARTE, MACH MAL LANG-SAM.

V200

YIPPEE

YAAAY

DIE ZWEI SIND MOR-GENS GANZ SCHÖN FIT...

... DANN ... IST DAS ...

NUR EINE ...

RUNDSCHREIBEN DER VERWALTUNGSABTEILUNG DES KAISERLICHEN GENERALSTABS.

WEISE IHM STETS DEN WEG.

LASSE IHN NIEMALS IM STICH. GEHE AUCH DORT, WO ES KEINEN WEG GIBT.

GIB NIEMALS NACH. SEI STETS AUF DEM SCHLACHTFELD.

ALLES FÜR DEN SIEG.

MAGIER GESUCHT

FÜR DAS HÄRTESTE SCHLACHTFELD. NIEDRIGE BESOLDUNG.

DÜSTERE TAGE IM TÖDLICHEN KUGELHAGEL.

STETIG LAUERNDE GEFAHR. KEINE ÜBERLEBENSGARANTIE.

RUHM UND EHRE IM FALLE EINER HEILEN RÜCKKEHR.

GENERALSTAB. 601. ORDNUNGSKOMITEE.

DAS MUSS DIE »ELFTE GÖTTIN« SEIN.

DIE ORDNUNGS-NUMMER 601...

ABER WELCHE EINHEITEN-NUMMER HAT MAN IHNEN ZUGEWIESEN?

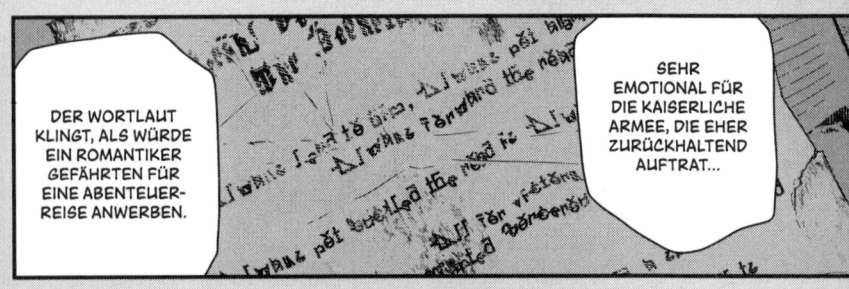

DER WORTLAUT KLINGT, ALS WÜRDE EIN ROMANTIKER GEFÄHRTEN FÜR EINE ABENTEUER-REISE ANWERBEN.

SEHR EMOTIONAL FÜR DIE KAISERLICHE ARMEE, DIE EHER ZURÜCKHALTEND AUFTRAT...

DAS HAT OHNE ZWEI-FEL EINEN GROSSEN EIN-DRUCK AUF DIEJENIGEN HINTERLAS-SEN, DIE ES GELESEN HABEN.

AUF BASIS DIESER EINSCHÄTZUNG BEGANNEN WIR MIT NACHFOR-SCHUNGEN ZU DEN MAGIERN, DIE DAMALS IN DER KAISERLICHEN ARMEE DIENTEN.

DIE ERSTE PERSON WAR GLEICH EIN VOLLTREFFER.

DIE GERÜCHTE ÜBER DIE GRÜNDUNG EINER PROPAGANDA-EINHEIT.

AAH, DAS WAR ALLGEMEIN BEKANNT.

HERR D (FALSCHER NAME).
EHEMALIGER DER KAISERLICHEN OSTARMEE.

... DES KAISERREICHS REPRÄSENTIERT« SCHAFFEN.

MAN WOLLTE »EINE EINHEIT, DIE DIE RECHT-SCHAFFENHEIT ...

PROPA-GANDA-EINHEIT?

DIE LEUTE, DIE SICH WIRKLICH FREIWILLIG DAFÜR GEMELDET HABEN, WAREN NACH IHRER RÜCKKEHR NUR AM MECKERN.

DIE GESCHICHTE ÜBER IHRE GRÜNDUNG VERBREITETE SICH WOHL, WEIL ES EINEN STURM HEFTIGER EINWÄNDE VON DER STRATEGIE-ABTEILUNG UND DER FRONT GAB.

EINE GROSSE EINHEIT, BESTEHEND AUS AEROMAGISCHEN KÄMPFERN, REIN ZU PROPAGANDA-ZWECKEN.

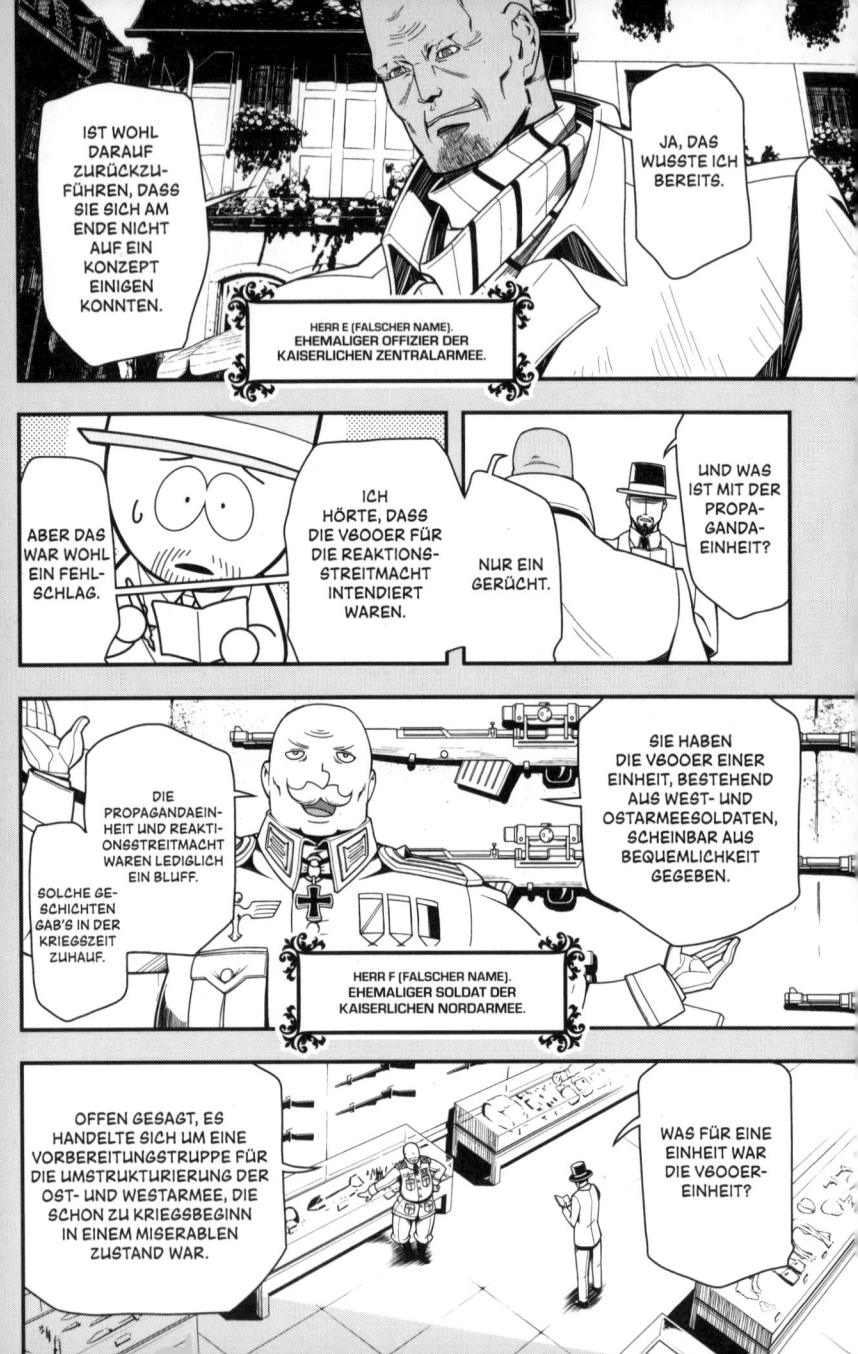

IST WOHL DARAUF ZURÜCKZUFÜHREN, DASS SIE SICH AM ENDE NICHT AUF EIN KONZEPT EINIGEN KONNTEN.

JA, DAS WUSSTE ICH BEREITS.

HERR E (FALSCHER NAME). EHEMALIGER OFFIZIER DER KAISERLICHEN ZENTRALARMEE.

ABER DAS WAR WOHL EIN FEHLSCHLAG.

ICH HÖRTE, DASS DIE VSOOER FÜR DIE REAKTIONSSTREITMACHT INTENDIERT WAREN.

NUR EIN GERÜCHT.

UND WAS IST MIT DER PROPAGANDAEINHEIT?

DIE PROPAGANDAEINHEIT UND REAKTIONSSTREITMACHT WAREN LEDIGLICH EIN BLUFF.

SOLCHE GESCHICHTEN GAB'S IN DER KRIEGSZEIT ZUHAUF.

SIE HABEN DIE VSOOER EINER EINHEIT, BESTEHEND AUS WEST- UND OSTARMEESOLDATEN, SCHEINBAR AUS BEQUEMLICHKEIT GEGEBEN.

HERR F (FALSCHER NAME). EHEMALIGER SOLDAT DER KAISERLICHEN NORDARMEE.

OFFEN GESAGT, ES HANDELTE SICH UM EINE VORBEREITUNGSTRUPPE FÜR DIE UMSTRUKTURIERUNG DER OST- UND WESTARMEE, DIE SCHON ZU KRIEGSBEGINN IN EINEM MISERABLEN ZUSTAND WAR.

WAS FÜR EINE EINHEIT WAR DIE VSOOER-EINHEIT?

ICH BIN VERWIRRT.

WAS IST, CRAIG?

WIE ERWARTET IST ALLES DABEI, VON VOLLKOMMEN HANEBÜCHENEN STORYS BIS ZU HALBWAHRHEITEN.

NACH DER STATISTISCHEN AUSWERTUNG DER GESAMMELTEN ZEUGENAUSSAGEN FANDEN WIR HERAUS...

... DASS ES WOHL ÜBERLAPPENDE ELEMENTE IN DEN VERSCHIEDENEN AUSSAGEN GAB. SIE MÜSSEN AUF DER WAHRHEIT BASIEREN UND HABEN SICH DANN ALS GERÜCHTE VERBREITET UND VERÄNDERT.

HAHA
はぁ...

QUASI EINE ANTHOLOGIE DER GERÜCHTE VOM SCHLACHTFELD.

はっ
はっ
は
AHAHA
HAHA

IM KERN IST ES GENAU WIE DIESER KRIEG.

DAS CHAOS MIT »V600« UND DER »ELFTEN GÖTTIN«.

ICH WERDE DAS MYSTERIUM WEITERHIN JAGEN. ICH MÖCHTE WISSEN, WAS IN JENEM ZEITALTER DES WAHNSINNS WIRKLICH GESCHAH.

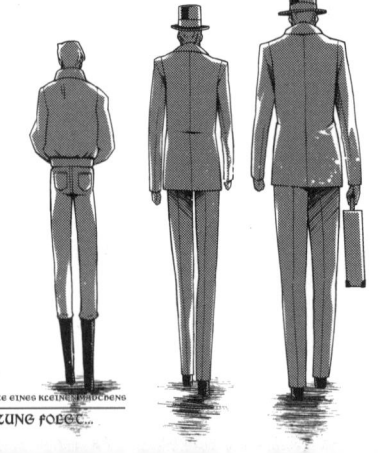

ENDE
KAPITEL: 09   DIE KRIEGSGESCHICHTE EINES KLEINEN MÄDCHENS
FORTSETZUNG FOLGT...

GLOSSAR KAPITEL : 08

DIE STRATEGIE DER INNEREN ANGRIFFSLINIE

EINE STRATEGIE, MIT DER MAN SICH GEGEN DIE UMZINGELUNG DURCH EINE FEINDLICHE ARMEE WEHRT. MAN SCHLÄGT ZURÜCK, INDEM MAN DIE EIGENEN MILITÄRISCHEN KRÄFTE FLEXIBEL EINSETZT. DER AUSDRUCK STEHT IM GEGENSATZ ZUR „STRATEGIE DER ÄUSSEREN LINIE".

IN DER REGEL IST DIE UMZINGELNDE PARTEI WÄHREND EINER SCHLACHT IM VORTEIL, DOCH IN DEN KRIEGEN DER NEUZEIT KONNTE DIE VERTEIDIGERSEITE AUFGRUND VON TRUPPENMOBILITÄT DURCH EISENBAHNNETZE UND DER ENTWICKLUNG VON SCHÜTZENGRABENTAKTIKEN WIEDER DIE OBERHAND GEWINNEN.

DIE STRATEGIE DER INNEREN ANGRIFFSLINIE DIENT FOLGLICH DEM WIEDERERSTARKEN DER VERTEIDIGERSEITE UND WIRD AM EFFIZIENTESTEN ANGEWENDET GEGEN BELAGERER, DIE KRÄFTEMÄSSIG ÜBERLEGEN SIND. DA MAN ENORME MILITÄRISCHE KRÄFTE BRAUCHT, UM EIN BELAGERUNGSNETZ AUSZUBREITEN, MÜSSEN BELAGERER STETS IHRE MILITÄRISCHEN KRÄFTE AUFTEILEN, WAS SIE GLEICHZEITIG AUCH SCHWÄCHT.

BEI DER STRATEGIE DER INNEREN ANGRIFFSLINIE TEILT MAN DIE TRUPPEN IN EINE HAUPT- UND EINE VERTEIDIGUNGSARMEE AUF. LETZTERE SORGT DURCH HINHALTE- UND VERTEIDIGUNGSSTRATEGIEN FÜR ZEITLICHE VERZÖGERUNGEN. WÄHRENDDESSEN VERSUCHT DIE KONZENTRIERTE MILITÄRISCHE KRAFT DER HAUPTARMEE, EINEN ISOLIERTEN TEIL DER GEGNERISCHEN ARMEE ZÜGIG ZU VERNICHTEN UND VEREINT SICH ANSCHLIESSEND DURCH DIE NUTZUNG DES EISENBAHNNETZES WIEDER MIT DER VERTEIDIGUNGSARMEE. DIES WIRD BEI JEDEM EINZELNEN ANGRIFF WIEDERHOLT.

DIE STRATEGIE DER INNEREN ANGRIFFSLINIE WURDE VON EINEM REICH, DAS VON POTENZIELLEN GEGNERN AUS ALLEN VIER HIMMELSRICHTUNGEN UMSCHLOSSEN WAR, ENTWICKELT.

GEOPOLITIK

WISSENSCHAFTLICHE DISZIPLIN, DIE GEOGRAFIE UND POLITIKWISSENSCHAFTEN ZUSAMMENFASST. SIE ERFORSCHT, OB GEOGRAFISCHE BEDINGUNGEN STAATLICHE STRATEGIEN BEEINFLUSSEN.

GEOPOLITIK BASIERT AUF DER ANNAHME, DASS DAS WESEN EINES STAATES NICHT VON DER POPULATIONSGRÖSSE BESTIMMT WIRD, SONDERN DURCH DAS HOHEITSGEBIET UND DIE POLITISCHEN UND DIPLOMATISCHEN STRATEGIEN, DIE EIN STAAT AUFGRUND DER GEOGRAFISCHEN BEDINGUNGEN IMPLEMENTIEREN KANN.

VERSCHIEDENE GEOPOLITISCHE SCHULEN HABEN SICH ETABLIERT, MIT UNTERSCHIEDLICHEN AUSLEGUNGEN DARÜBER, WAS FÜR DIE AUFRECHTERHALTUNG EINES STAATES NOTWENDIG IST: ZUM BEISPIEL, INDEM DER SCHWERPUNKT AUF DEN „LEBENSRAUM" IM SINNE DES PHYSISCHEN HOHEITSGEBIETES GELEGT WIRD ODER DAS LAND ALS „WIRTSCHAFTSRAUM" BETRACHTET WIRD.

IN ANDEREN SCHULEN IST EINE WICHTIGE BEDINGUNG, UM ALS GROSSMACHT ZU GELTEN, DASS MAN ENTWEDER MARINESTREITKRÄFTE (SEA POWER) BESITZT, FOLGLICH HOHEIT ÜBER DIE OZEANE HAT, ODER, UMGEDREHT, EINEN KONTINENT DURCH LANDSTREITKRÄFTE (LAND POWER) KONTROLLIERT.

WARMONGER (KRIEGSTREIBER)

„MONGER" BEZEICHNET EINEN HÄNDLER UND SEIN GESCHÄFT. JEMAND, DER UNTER ANDEREM MENSCHEN FÜR WERTLOSE DINGE BEGEISTERT, FÜR SACHEN WIRBT, DIE NIEMAND MÖCHTE, UND NIEDERTRÄCHTIGE METHODEN BENUTZT. IN VERBINDUNG MIT „WAR" BEZEICHNET ES EINEN KRIEGSTREIBER ODER KRIEGSHETZER.

INTERVIEW MIT CHIKA TOJO

CHIKA TOJO IST DIE AUTORIN DES MANGAS „TANYA THE EVIL". SIE SPRICHT ÜBER ALLES, VON IHREN ANFÄNGEN ALS MANGA-ZEICHNERIN BIS HIN ZU ZUKÜNFTIGEN PROJEKTEN.

SPÜRT DIE AUSSERGEWÖHNLICHE LEIDENSCHAFT DER AUTORIN FÜR IHR WERK!

EIN AUSSERGEWÖHNLICHER TITEL MIT VIELEN ÜBERRASCHUNGEN UND WENDUNGEN!

REPORTER: BITTE ERZÄHLEN SIE UNS ZUNÄCHST, WIE SIE ZUR AUTORIN DIESES MANGAS WURDEN.

TOJO: MIR WURDE DAS ORIGINALWERK VON MEINEM PRODUZENTEN VORGESTELLT, ABER ANFANGS WAR ICH SCHOCKIERT.

REPORTER: KANN ICH MIR GUT VORSTELLEN.

TOJO: DAMALS ARBEITETE ICH GERADE AM LETZTEN KAPITEL MEINES VORHERIGEN WERKES UND HATTE FÜR WAS NEUES EIGENTLICH GAR KEINEN NERV.

REPORTER: ACH, WIRKLICH?

TOJO: ALS MEIN PRODUZENT MIR SAGTE: „ICH SCHICKE DIR DANN MAL DEN ERSTEN BAND DER ROMANREIHE", ENTGEGNETE ICH NUR MIT WENIG MOTIVATION: „ICH LESE IHN ZUMINDEST MAL". NACHDEM ICH IHN GELESEN HATTE, WAR ICH SO BEGEISTERT, DASS ICH GLEICH AM NÄCHSTEN TAG ANRIEF UND DIE RESTLICHEN BÄNDE VERLANGTE.

REPORTER: DAS GLAUBE ICH SOFORT. DAS HEISST, SIE KANNTEN DEN TITEL DAMALS GAR NICHT?

TOJO: ICH KANNTE IHN ÜBERHAUPT NICHT.

REPORTER: ALS SIE ANFINGEN ZU LESEN, FANDEN SIE DAS WERK ALSO PLÖTZLICH GUT. ABER AB WELCHEM TEIL GENAU DACHTEN SIE SICH, „DAS IST DER HAMMER"?

TOJO: DIE DARSTELLUNG DES KRIEGES UND DIE DENKWEISE DES HAUPTCHARAKTERS BEGEISTERTEN MICH. AUSSERDEM WOLLTE ICH SCHON IMMER EINE KRIEGSGESCHICHTE ZEICHNEN. MEINE ERSTEN GEDANKEN BEIM LESEN WAREN: „COOL, ICH BIN NEIDISCH."

REPORTER: SIE SAGTEN „SOLCHE KRIEGSGESCHICHTEN". MEINEN SIE DAMIT KONKRET KRIEGSSTORYS, BEI DENEN DIE STERBESZENEN MEHR INS LICHT RÜCKEN?

TOJO: GENAU SOLCHE. EIN MOTIV, DAS OFT BEI KRIEGSDRAMEN AUSGELASSEN WIRD, SITUATIONEN, IN DENEN MAN NICHT MEHR FLIEHEN KANN UND IN DIE ENGE GETRIEBEN WIRD. ICH LIEBE DAS MENSCHLICHE DRAMA, DAS DARAUS ENTSTEHT. ICH BIN DEFINITIV KEIN MILITÄRFANATIKER. ICH KENNE MICH AUCH KAUM MIT WAFFEN AUS, ABER ICH LIEBE DIE DRAMEN, DIE ZWISCHEN SOLDATEN ENTSTEHEN. DAS HAT MICH AM MEISTEN AN „TANYA THE EVIL" BEGEISTERT.

REPORTER: ICH VERSTEHE.

▲ EIN BÜRO-ANGESTELLTER DER GEGENWART, DER SAMT SEINER ERINNERUNGEN IN EINER ZEIT MITTEN IM KRIEG WIEDERGEBOREN WIRD. DER DURCHDRINGENDE REALISMUS UND DIE DARAUF BASIERENDE INFORMATIONSANALYSE SIND SPANNEND.

> WIR LASSEN SIE FREIWILLIG IN DEN RUHESTAND GEHEN.

> FINDEST DU DAS NICHT AUCH BESSER?

ICH LIEBE, WIE DIE HAUPTFIGUR DENKT.

„AUSSERDEM WOLLTE ICH SCHON IMMER MAL EINE KRIEGSGESCHICHTE ZEICHNEN."

TOJO: ICH BIN IMMER EHER DAVON AUSGEGANGEN, DASS ICH NIEMALS SO EINE ART VON WERK ZEICHNEN WÜRDE. DER AUTOR CARLO KONNTE SO ETWAS VERFASSEN, WEIL ER VIEL MEHR WISSEN HATTE ALS ICH, UND DAHER KONNTE AUCH ETWAS GUTES ENTSTEHEN. ICH HABE ZWAR VORHIN GESAGT, DASS MEINE GEDANKEN „COOL!" UND „ICH BIN NEIDISCH" WAREN, ABER EIGENTLICH DACHTE ICH WOHL EHER: „FRUSTRIEREND."

REPORTER: DAS IST JA DAS HÖCHSTE LOB FÜR DEN AUTOR CARLO, NICHT WAHR? SIE MEINTEN VORHIN, SIE MÖGEN DERARTIGE DRAMEN. HABEN SIE DA BEISPIELE?

TOJO: VERGLEICHSWEISE NEUERE WÄREN „YAMATO" ODER „BRIEFE AUS IWOJIMA". MEIN GROSSVATER WAR DAMALS IM KRIEG UND ERZÄHLTE SPÄTER OFT DAVON. DURCH DIE FILME KONNTE ICH MIR DANN EIN GENAUERES BILD DAVON MACHEN. SEITDEM WAR ICH GEFESSELT VON KRIEGSGESCHICHTEN AUS DEM PAZIFIKRAUM.

REPORTER: DER CHARME VON KRIEGSGESCHICHTEN, IN DENEN DIE LETZTEN KRITISCHEN AUGENBLICKE DARGESTELLT WERDEN, LIEGT ALSO DARIN, DASS MAN AUS EINER MISSLICHEN SITUATION VERSUCHT, DAS BESTE ZU MACHEN. UNGEACHTET, OB MAN AM ENDE GEWINNT. RICHTIG?

TOJO: DAS STIMMT. NATÜRLICH SIND AUCH DIE GESCHICHTEN SPANNEND, IN DENEN AM ENDE DER KRIEG GEWONNEN WIRD. EIN WEITERER FAVORIT VON MIR IST ZUM BEISPIEL „THE PACIFIC", EIN DRAMA AUS AMERIKANISCHER PERSPEKTIVE. HIER WIRD AM ENDE DER KRIEG GEWONNEN, ABER DIE SOLDATEN KEHREN ALLE VERLETZT ZURÜCK IN IHRE HEIMAT. NOCH EIN BEKANNTER FILM IST ZUM BEISPIEL „BAND OF BROTHERS – WIR WAREN WIE BRÜDER". ES IST ZWAR AUCH AUFREGEND, WENN GEWONNEN WIRD, ABER ES GIBT DOCH SO VIELE MANGAS UND ANIME, IN DENEN AM ENDE IMMER GESIEGT WIRD. DA NIMMT „TANYA THE EVIL" EINE BESONDERE POSITION EIN, DIE HAUPTCHARAKTERE SIEGEN ZWAR IMMER WIEDER, ABER IM GROSSEN UND GANZEN STEHEN SIE DOCH EHER ALS VERLIERER DA. ICH SCHÄTZE MICH GLÜCKLICH, DASS ICH AUS SO EINER GESCHICHTE EINEN MANGA MACHEN DARF.

REPORTER: DASS WIR VERRATEN, DASS SIE VERLIEREN, KÖNNTE FÜR DIE MANGA-LESER EIN SPOILER SEIN, ABER DAS ORIGINALWERK IST JA SCHON VERÖFFENTLICHT. AUSSERDEM GIBT ES FÜR DIE GESCHICHTE JA EIN HISTORISCHES MODELL, DAHER KÖNNTE MAN SICH LEICHT SELBST AUSMALEN, DASS SIE AM ENDE DEN KRIEG VERLIEREN. UND DESWEGEN VERÖFFENTLICHEN WIR DAS HIER TROTZDEM. DASS DEGURECHAFF ZWAR TAKTISCH ÜBERLEGEN, ABER IM GESAMTEN EHER UNTERLEGEN IST, IST AUCH EIN INTERESSANTER ANSATZ.

TOJO: STIMMT. WAHRSCHEINLICH DENKEN LESER ERST MAL: „OKAY, DIE WERDEN WOHL GEWINNEN". ABER WENN MAN SICH DIE ERLÄUTERUNG GENAU ANSCHAUT, ERKENNT MAN, DASS DAS LAND VERLIEREN WIRD. WANN WOHL DER HAUPTCHARAKTER AUF DIESE ERKENNTNIS STÖSST, AUCH WENN ER IM ORIGINALWERK SCHON DARAUF GESTOSSEN IST, IST EIN INTERESSANTER PUNKT, AUF DEN SICH DIE LESER FREUEN KÖNNEN.

VON DEN VORBEREITUNGEN BIS ZU DEN ERSTEN ROHSKIZZEN.

REPORTER: WÄHREND DER LETZTEN ARBEITEN FÜR „CODE GEASS – OZ THE REFLECTION" HABEN SIE MIT DEN VORBEREITUNGEN FÜR „TANYA THE EVIL" BEGONNEN, WAS SIE VIEL MÜHE GEKOSTET HABEN MUSS. MIT WAS FÜR EINER EINSTELLUNG SIND SIE AN DIE VORBEREITUNGEN GEGANGEN?

TOJO: DAS ORIGINALWERK VERMITTELT DEM LESER EINE LEIDENSCHAFT FÜR KRIEGSDARSTELLUNGEN UND POLITISCHE ANGELEGENHEITEN. ICH DACHTE MIR, WENN DARAUS EIN MANGA WERDEN SOLL, KOMME ICH NICHT DRUM HERUM, ICH MUSS EIN MEISTERWERK SCHAFFEN. DAS WAR DAMALS MEINE EINSTELLUNG. DA ICH ABER AUCH IM ENDSPURT AM LETZTEN KAPITEL MEINES EIGENEN WERKS ARBEITETE, GLAUBE ICH, DASS VOR ALLEM DIE REDAKTION VIEL MÜHE HATTE.

REPORTER: NEIN, ICH BITTE SIE, WIR DANKEN IHNEN, DASS SIE TROTZDEM DAS ORIGINALWERK GELESEN HABEN. GERADE VORHIN HABE ICH DIE MAIL VON IHNEN GELESEN, DIE SIE GESCHRIEBEN HABEN, KURZ NACHDEM SIE „TANYA THE EVIL" GELESEN HATTEN. ZUM BEISPIEL SCHRIEBEN SIE: „WENN ICH DAS MACHE, DANN WILL ICH ETWAS ZEICHNEN MIT EINER LIEBE ZUM DETAIL UND WOMIT ALLE „TANYA THE EVIL"-FANS UND FANS FIKTIVER KRIEGSGESCHICHTEN SICH ZUFRIEDENGEBEN." WAS MEINER MEINUNG NACH AM EINDRUCKSVOLLSTEN WAR: VON BEGINN AN MACHTEN SIE GROBE CHARAKTERSKIZZEN, WAPPEN UND SZENERIE-SETUPS. DIE HABEN SIE ALLE AUF EINMAL GESCHICKT. DA KAM SO VIEL IN BESTER QUALITÄT, DASS MAN IHRE MOTIVATION RICHTIG GESPÜRT HAT.

TOJO: ICH DACHTE MIR, DA ES KAUM BILDLICHE ANGABEN GAB, MUSS ICH MIR DIE WELT DIESER FIGUREN ERST MAL DETAILGENAU VORSTELLEN, BEVOR ICH ANFANGE ZU ZEICHNEN, SONST WIRD DAS GANZE SEHR UNÜBERSCHAUBAR. FÜR WAPPEN UND SZENERIEN HABE ICH KURZ VOR BEGINN DES ZEICHNENS VIEL INPUT VON SEITEN DER ANIME-PRODUKTION ERHALTEN UND DIESE KONSULTIERT UND MICH DANN DARAN ORIENTIERT. NUR LEIDER GAB ES KEINE SKIZZEN VON CHARAKTEREN, WODURCH SICH DAS AUSSEHEN VON DEN FIGUREN AUS DER ANIME-VERSION LEICHT UNTERSCHEIDET. DA WAR ICH WOHL EIN WENIG VOREILIG.

REPORTER: DAS HAT ABER AUCH SEINEN CHARME, NICHT? IM ANIME FASZINIEREN DIE FIGUREN DURCH IHRE BEWEGUNGEN, IM MANGA SIND ES DIE ERSTKLASSIGEN DESIGNS DER STANDBILDER. NACHDEM SIE DANN IM GROSSEN UND GANZEN VORBEREITET WAREN, HABEN SIE MIT DER ROHSKIZZE FÜR DAS ERSTE KAPITEL BEGONNEN. WELCHE MÜHEN HATTEN SIE HIERBEI?

TOJO: AM ANFANG WUSSTE ICH NICHT, WIE ICH BEGINNEN SOLL. MIT MEINEM PRODUZENTEN HATTEN WIR SCHON RICHTLINIEN ERARBEITET, DIE FÜR ALLE VERSTÄNDLICH WAREN, ABER DENNOCH WUSSTE ICH NICHT, IN WELCHEM STIL ICH ZEICHNEN SOLL, UND ZERBRACH MIR BEI KAPITEL 01 LANGE DEN KOPF...

▼▶ EIN TEIL DER VIELEN ROHSKIZZEN AUS DER ANFANGSPHASE.

„ICH DACHTE MIR, WENN DARAUS EIN MANGA WERDEN SOLL, KOMME ICH NICHT DRUM HERUM, ICH MUSS EIN MEISTERWERK SCHAFFEN."

TANYA THE EVIL

MANGA CHIKA TOJO, ORIGINAL CARLO ZEN
CHARACTER DESIGN: SHINOBU SHINOTSUKI

KAPITEL 01

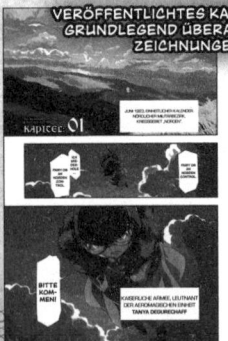

VERÖFFENTLICHTES KAPITEL 01, MIT GRUNDLEGEND ÜBERARBEITETEN ZEICHNUNGEN.

KAPITEL 01

◀ABÄNDERUNG DER ANFÄNGLICHEN STRUKTUR, DAMIT NICHT NUR MILITÄR-FANS SPASS DARAN HABEN KÖNNEN. AUF DER SUCHE NACH DER IDEALEN STRUKTUR VERÄNDERTE TOJO DEN URSPRÜNGLICHEN ENTWURF KOMPLETT.

WIR HABEN ...

IHN!!

IMMER WIEDER?! DIE FRATZEN DER HAUPTFIGUR.

◀ TANYA, DIE MIT IHREM FÜR EIN HÜBSCHES MÄDCHEN UNGEWÖHNLICHEN GESICHTSAUSDRUCK IN NAHAUFNAHME DIE LESER IMMER WIEDER ENTSETZT. DIESER EFFEKT IST BEABSICHTIGT, DAHINTER STECKEN DIE PERSÖNLICHEN ERFAHRUNGEN DER MANGA-AUTORIN CHIKA TOJO.

TOJO: ... ICH HABE ANGEFANGEN ZU ZEICHNEN, MERKTE DANN ABER, DASS SICH NUR MILITÄR-FANS AN DIESEM INHALT ERFREUEN WÜRDEN. DAHER HABE ICH IHN VERBESSERT UND ERNEUERT, UM IHN SO ATTRAKTIVER FÜR EINE BREITERE LESERSCHAFT ZU MACHEN. UND AB KAPITEL 02 HATTE ICH DANN ENDLICH EIN GEFÜHL DAFÜR, WIE ICH ES ZEICHNEN WOLLTE.

AUF DER SUCHE NACH DEN WURZELN ERSTKLASSIGER STRUKTUR.

REPORTER: SIE HATTEN MUT ZU EXPERIMENTIEREN, UND DARAUS IST NUN EIN LEICHT VERSTÄNDLICHES WERK GEWORDEN, DAS DEN INHALT DER VORLAGE GESCHICKT UMSETZT. BESONDERS DIE GESCHICHTE DES JOURNALISTEN AUS KAPITEL 09 (MANGA) HAT MIR DIE AUGEN GEÖFFNET, UND ICH DACHTE: »SO STRUKTURIERT MAN ES ALSO!«, ABER WIE KAMEN SIE ÜBERHAUPT AUF DIE IDEE?

TOJO: DIESEN TEIL WOLLTE ICH UNBEDINGT IM MANGA UMSETZEN. ALS ICH DAS ORIGINAL LAS, FAND ICH SOLCHE STELLEN BESONDERS INTERESSANT. NORMALERWEISE GIBT ES KEINE GROSSEN ZEITSPRÜNGE IN MEINEN WERKEN. ABER IN MEINEM LIEBLINGSMANGA »FAIBU SUTĀ MONOGATARI« [ENG.: »THE FIVE STAR STORIES«] GAB ES VON ANFANG AN EINE CHRONOLOGISCHE TABELLE, DIE ZEITSPRÜNGE INNERHALB DER GESCHICHTE MÖGLICH MACHTE. INTERESSANT DARAN FAND ICH, WIE BESTIMMTE GESCHICHTEN DANN WIEDERUM AUS DER PERSPEKTIVE ZUKÜNFTIGER GENERATIONEN ERZÄHLT WURDEN. »TANYA THE EVIL« KANN MAN GENAUSO DARSTELLEN. DESWEGEN BEWUNDERE ICH DEN AUTOR CARLO UND DACHTE MIR, ICH MUSS DAS UMSETZEN, SONST WÄRE ES EINE SCHANDE GEGENÜBER DEM ROMAN.

REPORTER: SIE HABEN ES NICHT NUR UMGESETZT, SONDERN AUCH DIE REIHENFOLGE HABEN SIE ANGEPASST, NICHT WAHR?

TOJO: JA. DAS ORIGINAL IST NATÜRLICH AN SICH AUCH SCHON WUNDERVOLL, ABER BEI DER UMSETZUNG ZUM MANGA GAB ES EINIGE SCHWIERIGE STELLEN. ICH HABE DIE REIHENFOLGE LESERFREUNDLICHER GESTALTET, EBENSO DAS ERZÄHLTEMPO.

REPORTER: ICH FINDE, DASS SIE KONVERSATIONEN ODER AUCH DIE ETWAS LOCKERE ATMOSPHÄRE IN SERIÖSEN SZENEN EXTREM GUT DARSTELLEN KÖNNEN. DIE DARSTELLUNG DER COOLEN SEITEN DES ORIGINALS, DER INTERESSANTEN STELLEN DER KRIEGSGESCHICHTEN UND DEREN CLOSE-UPS BEI KOMISCHEN STELLEN IST KLASSE. GIBT ES ETWAS, WORAUF SIE ACHTEN, WENN SIE SOLCHE WITZIGEN SZENEN ZEICHNEN?

TOJO: MEINER MEINUNG NACH IST „TANYA THE EVIL" IM GRUNDE EINE KOMÖDIE (*LACHT*). CARLO-SENSEI HAT DAS SELBST AUCH MAL SCHERZEND GESAGT, UND DA ES JA EIN MANGA IST, WOLLTE ICH DIE LUSTIGEN STELLEN EIN WENIG IN DEN VORDERGRUND RÜCKEN. WENN DANN DER LESER DEN MANGA „TANYA THE EVIL" GUT FINDET UND ETWAS HÄRTERES LESEN MÖCHTE, KANN ER SICH DANACH JA DEM ORIGINAL WIDMEN.

REPORTER: DAS STIMMT, TANYAS FRATZEN KEHREN JEDEN MONAT WIEDER (*LACHT*). DIE DOPPELSEITIGE NAHAUFNAHME IHRES GESICHTS IN KAPITEL 1 WAR EIN ZIEMLICHER SCHOCK, ABER UNGLAUBLICH, DASS DIES ZUR GEWOHNHEIT WERDEN WÜRDE. HABEN SIE SICH VORGENOMMEN, DIESE CLOSE-UPS JEDES MAL EINZUBAUEN?

TOJO: JA. ICH HABE ALS KIND EINEN MANGA NAMENS „JIGOKU SENSEI NŪBÊ" [ÜBERSETZT: „HÖLLENLEHRER NŪBÊ"] GELESEN UND HABE EIN TRAUMA VON EINEM GEIST, DER DOPPELSEITIG PLÖTZLICH AUFTAUCHTE UND VOR DEM ICH MICH UNGLAUBLICH GEFÜRCHTET HABE (*LACHT*). ICH WUSSTE ZWAR NICHT, OB DAS AUCH IN EINEM MILITÄR-MANGA UMSETZBAR IST, ABER ICH ERINNERTE MICH AN DAMALS UND VERSUCHE NUN, IN MÖGLICHST JEDEM KAPITEL SO EINE STELLE EINZUFÜGEN.

REPORTER: ICH FAND DAS TEMPO IN DER GESCHICHTE MIT DEM WISSENSCHAFTLER AN DER STELLE, ALS DOPPELSEITIG „DU VERDAMMTER TEUFEL!!?" KAM UND MAN SIE DANN GLEICH AUF DER NÄCHSTEN SEITE WIEDER DOPPELSEITIG SIEHT, AUSGEZEICHNET. LEGEN SIE AUF SO ETWAS IN DEN ROHSKIZZEN AUCH SCHON SEHR VIEL WERT?

TOJO: JA, NATÜRLICH. GRUNDSÄTZLICH VERFOLGE ICH DAS PRINZIP, VON BEWEGTEN SZENEN ZU RUHIGEN SZENEN ZU WECHSELN. EIGENTLICH MACHE ICH DAS, WAS DIE MANGA-AUTOREN VON KAISHAKU (HINWEIS DER REDAKTION: WICHTIGSTES WERK „STEEL ANGEL KURUMI") GEMACHT HABEN. BEI DENEN HABE ICH 6 ODER 7 JAHRE LANG ALS ASSISTENTIN GEARBEITET, SIE SIND ALSO QUASI AUCH MEINE LEHRER.

REPORTER: DAS BEDEUTET, DASS SIE ZWISCHEN BEWEGTEN UND RUHIGEN SZENEN WECHSELN, UM DAS INTERESSE DES LESERS NICHT ZU VERLIEREN.

TOJO: GENAU. DIE MANGA-AUTOREN VON KAISHAKU SAGTEN UNS ASSISTENTEN IMMER WIEDER...

„VON BEWEGTEN ZU RUHIGEN SZENEN" IM WIEDERHOLTEN RHYTHMUS.

◄ IN KAPITEL 2 WECHSELTE ES VON EINER DOPPELSEITIGEN SZENE ZUR NÄCHSTEN. VOM CHAOTISCHEN EXPERIMENT ZUR RUHIGEN ATMOSPHÄRE DER GÖTTERWELT. DER EINDRUCKSVOLLE, ABRUPTE WECHSEL IST WIE DIE KURZZEITIGE STILLE NACH DEM ZUSAMMENKLANG EINES SATZES IN EINEM MUSIKSTÜCK.

TOJO: ... DASS WIR „MINDESTENS EINMAL PRO KAPITEL EIN DOPPELSEITIGES BILD EINFÜGEN SOLLEN" UND „VON BEWEGTEN ZU RUHIGEN SZENEN WECHSELN SOLLEN". AUSSERDEM HABEN MEINE LEHRER AUCH IN SERIÖSE SZENEN EINEN LUSTIGEN PART EINGEARBEITET ODER MIT KLEINEREN PANELS GESPIELT, UND ICH SETZE NUR EINEN TEIL, DEN ICH BEI IHNEN GELERNT HABE, UM.

REPORTER: SIE HABEN DAS GELERNTE WUNDERBAR UMGESETZT. ABER DOPPELSEITIGE SZENEN EINZUBAUEN, VON BEWEGTEN ZU RUHIGEN SZENEN WECHSELN DANN NOCH DARAUF ACHTEN, DASS DIE STRUKTUR LEICHT VERSTÄNDLICH BLEIBT, KLINGT FÜR MICH SEHR KOMPLIZIERT. ES SIEHT ZWAR SO AUS, ALS WÜRDEN SIE DAS GANZ EINFACH UMSETZEN, ABER TUN SIE SICH DABEI IN WIRKLICHKEIT DOCH JEDEN MONAT SCHWER?

TOJO: JA, ICH BRAUCHE SEHR LANGE FÜR DIE ROHSKIZZEN. AUSSERDEM MUSS ICH AUCH DARAN DENKEN, DAS ORIGINAL IMMER WIEDER ZU KONSULTIEREN.

REPORTER: ABER DASS ES IM NETZ POSITIVE REAKTIONEN WIE „GÖTTLICHE MANGA-ADAPTION" GIBT, IST MIT SICHERHEIT DAS RESULTAT IHRER GANZEN MÜHE. HABEN SIE DIESE KOMMENTARE GELESEN?

TOJO: ICH SELBST HABE MICH NOCH NICHT VIEL MIT DEM ECHO IM INTERNET BESCHÄFTIGT, ABER MEIN PRODUZENT ERZÄHLTE MIR DAVON UND ICH FREUE MICH NATÜRLICH.

REPORTER: GANZ NEBENBEI, MACHEN SIE IHRE ROHSKIZZEN IMMER ZU HAUSE ODER IN CAFÉS?

TOJO: DA MEINE UNTERLAGEN GRÖSSTENTEILS ZU HAUSE LIEGEN, ZU HAUSE.

REPORTER: FERTIGEN SIE DIESE DEN GANZEN TAG LANG AN?

TOJO: NEIN, IRGENDWANN VERLIERE ICH DIE KONZENTRATION UND FANGE AN HERUMZUKRITZELN.

REPORTER: ICH HÖRE OFT, DASS MANGA-AUTOREN ALS PAUSE, WÄHREND SIE MANGAS ZEICHNEN, IRGENDETWAS ANDERES ZEICHNEN, WAS FÜR MICH UNVERSTÄNDLICH IST. ES GIBT ZUM BEISPIEL KEINEN REDAKTEUR, DER ALS PAUSE FÜR EINEN ARTIKEL EINEN ANDEREN ARTIKEL ZUR HAND NEHMEN WÜRDE (*LACHT*). MANGA-AUTOREN SCHEINEN DAS ZEICHNEN JA WIRKLICH ZU LIEBEN.

COMP-ACE IST DAS LEHRBUCH FÜRS ZEICHNEN VON MÄDCHENCHARAKTEREN!

REPORTER: DIE FRATZEN VON TANYA SIND ZWAR IMMER UNHEIMLICH, ABER NORMALERWEISE SIND IHR AUSSEHEN UND IHRE BEWEGUNGEN SEHR NIEDLICH. TUN SIE ES ETWAS BESTIMMTES, UM SIE SO NIEDLICH ZU ZEICHNEN?

TOJO: BISHER HABE ICH NICHT VIELE KLEINE MÄDCHENCHARAKTERE GEZEICHNET. DIE JÜNGSTEN CHARAKTERE WAREN MINDESTENS FÜNFZEHN. ICH MAG MÄDCHENCHARAKTERE NICHT BESONDERS, ABER DIE ZEITSCHRIFT, IN DER ICH VERÖFFENTLICHT WERDE, IST JA DAS COMP-ACE-MAGAZIN.

REPORTER: DIE COMP-ACE IST ABER KEINE ZEITSCHRIFT, DIE SICH AUF MÄDCHENFIGUREN SPEZIALISIERT HAT? (*LACHT*)

TOJO: WENN MAN DIE COMP-ACE AUFSCHLÄGT, GIBT ES RICHTIG VIEL MATERIAL (*LACHT*). ANHAND VON ILYA [AUS DER SERIE „FATE/KALEID LINER PRISMA ILYA"] MACHTE ICH MIR EIN BILD, WIE ICH TANYA UND ANDERE CHARAKTERE ZEICHNEN KÖNNTE.

REPORTER: SIE WAREN ALSO URSPRÜNGLICH NICHT VERTRAUT MIT DIESEM ZEICHENSTIL, HABEN SICH ABER MÜHSAM ALLES BEIGEBRACHT.

TOJO: DESWEGEN WIRD DIE DARSTELLUNG VON IHR IMMER BESSER. IM LAUFE DER GESCHICHTE WÄCHST TANYA HERAN, UND DEMENTSPRECHEND MUSS ICH AUCH DIE DARSTELLUNG ANPASSEN.

REPORTER: ICH GLAUBE ABER, DASS SICH GENAU DAS SUPER AUF DAS WERK AUSWIRKT. DENN AUTOREN, DIE DAS ZU GUT KÖNNEN, ENTWICKELN EINEN ZU STARKEN FETISCH UND ZEICHNEN DEN CHARAKTER DANN ZU SINNLICH.

TOJO: VERSTEHE.

REPORTER: GERADE WEIL SIE KLEINE MÄDCHEN NICHT AUF DIESE WEISE, SONDERN ALS UNSCHULDIGE KLEINE KINDER SEHEN, WIRD TANYA SO NIEDLICH UND DER EFFEKT „SO EIN KLEINES, SÜSSES MÄDCHEN MITTEN IM MILITÄR?!", ENTSTEHT.

TOJO: DANN WAR DAS WOHL EIN ZUFÄLLIGER GLÜCKSTREFFER.

REPORTER: ICH FINDE, VISHA IST AUCH SEHR HÜBSCH GEZEICHNET, WORAUF HABEN SIE SICH BEI IHR KONZENTRIERT?

TOJO: TANYA IST INNERLICH EIN MANN MITTLEREN ALTERS UND AUCH ALLE ANDEREN IM MILITÄR SIND SCHMUTZIGE MÄNNER, DAHER WOLLTE ICH, DASS WENIGSTENS VISHA HÜBSCH WIRD.

REPORTER: SOBALD VISHA AUFTAUCHT, WIRKT DIE SZENE AUCH VIEL NIEDLICHER UND REIZENDER.

TOJO: JA, ICH HABE MICH BEIM ZEICHNEN VON IHR AN TYPISCHEN MÄDCHEN-MANGAS ORIENTIERT. DA ICH MÄDCHEN-MANGAS AUS DEN 1960ERN BIS 1980ERN AM MEISTEN MAG, HABE ICH SIE DARAN ANGEPASST. IHR HAAR ERINNERT AUCH LEICHT AN GHIBLI-CHARAKTERE.

ECHT?

IN DIESER PHASE EINE NEUE ZUGFÜHRERIN?

VISHA HAT EINE „HÜBSCHES MÄDCHEN AUS DER GUTEN ALTEN ZEIT"-AUSSTRAHLUNG.

WIE SIE WOHL SEIN WIRD?

▲ HIER DIE ERSTE SZENE, IN DER VISHA AUFTAUCHT. MAN SIEHT EIN HÜBSCHES MÄDCHEN MIT EINER BROTSCHEIBE IM MUND. AUCH WENN SIE AN DIESER STELLE NICHT AUF EINE ANDERE FIGUR TRIFFT, ENTSTEHT EIN NOSTALGISCHES FEELING, DAS AN DIE MANGAS DES 20.JAHRHUNDERTS ERINNERT.

REPORTER: JETZT, WO SIE ES SAGEN... (*LACHT*). JA, MAN SPÜRT DEN EINFLUSS SOLCHER MANGAS BEI VISHA. MAN ERKENNT SIE ALS TAPFERE HELDIN. DAS MILITÄRLEBEN DIESER BEIDEN MÄDCHEN INMITTEN VON SCHMUTZIGEN MÄNNERN IST EXTREM GUT GEZEICHNET, FINDE ICH.

TOJO: ICH FINDE, DURCH DEN SYNERGIEEFFEKT SEHEN TANYA UND VISHA HÜBSCHER UND DIE MÄNNER MÄNNLICHER AUS. SOBALD ICH ES GEZEICHNET HATTE, FIEL MIR DIESER UNTERSCHIED AUF. WENN ICH ZUM BEISPIEL TANYA UND JEMAND ANDEREN DABEI ZEICHNE, WIE SIE ÜBER ETWAS REDEN, DIE AUF EINEM TISCH LIEGT, DENKE ICH, DASS TANYA EIGENTLICH ZU KLEIN IST, UM ZU SEHEN, WORUM ES ÜBERHAUPT GEHT. UM DAS ZU UMGEHEN, ZEICHNE ICH EINEN STUHL UND STELLE SIE DARAUF, WODURCH DAS UNGLEICHGEWICHT UND DAS GEFÜHL, DASS ETWAS NICHT PASST, NOCH DEUTLICHER HERVORKOMMEN. BEIM ZEICHNEN SPÜRTE ICH DAHER IMMER MEHR, DASS DIESER ANSATZ AUCH GUT ZUM INHALT PASST.

REPORTER: IN DIESER SZENE FAND ICH AUCH SEHR LUSTIG, DASS IN DER ROHSKIZZE EIN PFEIL AUF DEN SOLDATEN GERICHTET WAR, DER DEN STUHL FÜR SIE GEBRACHT HATTE, MIT DEM TEXT «RÜCKSICHTSVOLLER SOLDAT».

TOJO: IN DIESER SZENE BEKAM TANYA ZUM ERSTEN MAL VON ALLEN FÜR IHR WISSEN ANERKENNUNG. AUCH VON DEN LEUTEN, DIE SICH BIS DAHIN IMMER NUR FRAGTEN, WAS EIN KLEINES MÄDCHEN WIE SIE HIER VERLOREN HAT.

REPORTER: IN DER TAT! ERST DACHTE DER SOLDAT EINFACH, DASS EIN STUHL GEBRAUCHT WIRD, ABER ZUGLEICH FRAGTE ER SICH: «WARUM IST SIE ÜBERHAUPT HIER?» ABER DANN BRINGT ER EINEN STUHL, WEIL SEIN BILD VON IHR SICH ÄNDERTE UND ER SIE ANERKANNTE.

TOJO: GENAU.

REPORTER: DAS IST KLASSE.

TOJO: ICH MEINE, ES GIBT BESTIMMT KEINE MILITÄRISCHE VORSCHRIFT, NACH DER MAN FÜR SEINE VORGESETZTE, DIE EIN KLEINES MÄDCHEN IST, EINEN STUHL ZUR SITZUNG BRINGEN MUSS. DESWEGEN MUSSTE ER EIN RÜCKSICHTSVOLLER SOLDAT HER.

REPORTER: DASS IN SO KURZEN SZENEN AUCH NAMENLOSE SOLDATEN EINEN HINTERGRUND HABEN, LÄSST EINEN SPÜREN, WIE DIE GESCHICHTE IHRE BAHNEN ZIEHT, UND MACHT SIE INTERESSANTER.

SIE GIBT SICH AUCH MÜHE MIT DEN MÄNNLICHEN CHARAKTEREN UND NEBENFIGUREN.

REPORTER: SIE KÖNNEN MÄNNLICHE CHARAKTERE WIRKLICH GUT ZEICHNEN.

TOJO: AH, NICHT DOCH. SO TOLL KANN ICH DAS NICHT. GERADE IN KRIEGSDRAMEN SIND SOLCHE NEBENCHARAKTERE AUCH SEHR WICHTIG.

REPORTER: DAS HEISST, SIE HABEN AUCH SEHR VIEL WERT DARAUF GELEGT, DIE ÄLTEREN MÄNNER SCHÖN ZU ZEICHNEN?

TOJO: GENAU. AUCH IN FILMEN BENUTZT MAN OFT BERÜHMTE SCHAUSPIELER FÜR DIE MÄNNERROLLEN.

REPORTER: SIE HABEN SICH DAS ALSO WIE EINEN FILM VORGESTELLT UND DIE MÄNNERCHARAKTERE DEMENTSPRECHEND GEZEICHNET.

TOJO: JA. ICH WERDE ES NICHT ERLÄUTERN, ABER JEDER HAT SEIN VORBILD.

REPORTER: WIRKLICH ALLE CHARAKTERE SEHEN GUT AUS, ABER GIBT ES EINEN, DEN SIE BESONDERS MÖGEN?

TOJO: NATÜRLICH MAG ICH TANYA, ABER DANACH KOMMEN WEISS UND GLANZ. SIE KAMEN ZWAR NOCH NICHT IM MANGA VOR, ABER DIE BEZIEHUNG ZWISCHEN VORGESETZTEN UND UNTERGEBENEN GEFÄLLT MIR UNGLAUBLICH GUT. IM ORIGINAL GIBT ES AUCH SEHR VIELE DIALOGE ZWISCHEN DEN BEIDEN, WAS MIR BESONDERS GEFÄLLT. WEISS UND GLANZ SIND SEHR UNTERSCHIEDLICH, ABER MÜSSEN DURCH IHRE ZUSAMMENARBEIT BEIM MILITÄR MITEINANDER AUSKOMMEN. MANCHMAL LERNEN SIE VONEINANDER, MANCHMAL PLAUDERN SIE EINFACH NUR. ICH MAG DIE BEZIEHUNG DIESER BEIDEN. IN EINEM NORMALEN DRAMA WÄRE TANYA EIGENTLICH DIESER VORGESETZTE, ABER SIE IST JA DIE HAUPTFIGUR (*LACHT*).

VIELEN DANK, OBERLEUTNANT!

JA!!

WIR SIND DIE HAUPTACHSE DES GEGENANGRIFFS. ICH BIN GESPANNT, WIE SIE SICH SCHLAGEN WERDEN!

SIE BRAUCHEN FÜR DIE LAGEBESPRECHUNG EINEN STUHL!

▲ DIE WIRKUNG VON TANYAS KLEINER GESTALT WIRD NOCH WEITER VERSTÄRKT, INDEM SIE SICH AUF EINEN STUHL STELLEN MUSS.

REPORTER: DAS STIMMT. ICH DACHTE EIGENTLICH, DA SIE HANS VON SEETOUR SO COOL GEZEICHNET HABEN, SIE FÄNDEN IHN AM BESTEN. SIE MÖGEN GENERELL ALLE, ABER DIESE ZWEI AM MEISTEN, RICHTIG?

TOJO: JA, NATÜRLICH MAG ICH AUCH SEETOUR.

REPORTER: ES SIND ZWAR KEINE AKTIV HANDELNDEN FIGUREN, ABER ICH FINDE ES SEHR EFFEKTIV, WIE SIE CHARAKTERE IN TIERFORM BENUTZT HABEN, UM DIE KOMPLIZIERTEN INTERNATIONALEN SITUATIONEN ZU ERKLÄREN. IST DIE INTENTION, DIE DAHINTERSTECKT, DASS DIE ZUSAMMENHÄNGE ETWAS VERSTÄNDLICHER DARGESTELLT WERDEN?

TOJO: GENAUSO IST ES. MEINER ERFAHRUNG NACH VERLIERT DER LESER DAS INTERESSE, WENN ALLES ZU ERNST IST. ES WIRKT AUF IHN DANN ALLES ETWAS ZU DÜSTER. UM DAS ZU UMGEHEN, DACHTE ICH, DASS ICH DEN LESER DURCH SÜSSE TIERFIGUREN ZUM WEITERLESEN BEWEGEN KÖNNTE.

REPORTER: DAS HAT MICH AN NORAKURO [EINEN MANGA VON SUIHŌ TAGAWA ÜBER EINEN MENSCHENÄHNLICHEN HUND] ERINNERT.

TOJO: ES WAR AUCH EINE LEICHTE HOMMAGE DARAN. DIE SITUATION IN DER ALTERNATIVEN WELT WIRD VON TIEREN ERLÄUTERT UND WIRKT SOMIT LEICHT KARIKATURESK.

REPORTER: GENAU DIESE AKZENTE KOMMEN BEI DEN LESERN GUT AN UND LASSEN SIE NICHT MEHR LOS.

TOJO: ICH HABE ES EIN WENIG AN DISNEYFILME ANGEPASST, IN DEREN MITTELPUNKT OPERNARIEN ODER GESANGSSZENEN STEHEN.

REPORTER: VERSTEHE. SIE ZEICHNEN DIESE ALSO SELBST.

„DER LESER VERLIERT DAS INTERESSE, WENN ALLES ZU ERNST IST"

TOJO: ICH ENTWERFE SIE. ABER DA ICH HAUPTSÄCHLICH DIGITAL ARBEITE, WERDEN BEI MIR DADURCH DIE KONTUREN ZU STARK. DESWEGEN ÜBERLASSE ICH DAS NACHZEICHNEN DER KONTUREN EINEM MITARBEITER, DER SIE GESCHICKT MIT DER HAND MALT.

DAS GEHEIMNIS DES COOLEN UND INTERESSANTEN COVERS.

REPORTER: DAS COVER DES MANGAS IST AUCH SEHR PACKEND. UND WENN MAN ES GANZ AUFFALTET, IST ES EIN BILD MIT VIELEN INTERESSANTEN ELEMENTEN. WIE SIND SIE DARAUF GEKOMMEN?

TOJO: URSPRÜNGLICH WOLLTE ICH EIN LÄNGLICHES BILD ZEICHNEN, DASS DIE KRIEGSLAGE UND -ATMOSPHÄRE ZEIGT. NUR ALS ICH DIES ZEICHNETE, WURDEN DIE CHARAKTERE SEHR KLEIN. FÜR MICH WAR DAS KEIN PROBLEM, ABER ES IST BESSER, WENN MAN DIE CHARAKTERE GRÖSSER ZEICHNET. DER PLATZ REICHT DANN ABER NICHT AUS, UM DIE KRIEGSLAGE AUCH DARZUSTELLEN. DESWEGEN IST ES DOPPELSEITIG.

TIERE ERLÄUTERN DIE WELTLICHE LAGE.

◄◄CHARAKTERE IN TIERGESTALT TAUCHEN IN SCHWIERIGEN ERLÄUTERUNGSSZENEN AUF; SZENEN, DIE MAN SONST VERSUCHT ZU VERMEIDEN. SIE ERKLÄREN DIE BEWEGUNGEN DER EINZELNEN LÄNDER SEHR VERSTÄNDLICH.

TAPFERKEIT UND VERSPIELTHEIT AUF DEM COVER KOMBINIERT.

◄COVER VON BAND 1. VORDER- UND RÜCK-SEITE SIND KOMPLETT BEMALT. AUF DEM BACKCOVER SIEHT MAN SOGAR DEN VERRÜCK-TEN SCHUGEL.

REPORTER: SIE HATTEN AM ANFANG NICHT GEPLANT, DASS DAS COVER EINE DOPPELSEITE WIRD. DAS KONZEPT IST ERST NACH MEHREREN ANLÄUFEN ENTSTANDEN?

TOJO: RICHTIG. DAS ERGEBNIS VIELER ÜBERLEGUNGEN.

REPORTER: VERSTEHE. DIE ABBILDUNG VON WESEN X UND SCHUGEL ZEIGT IHRE VERSPIELTHEIT.

TOJO: GENAU, ICH DACHTE, ES WÄRE LUSTIG. WESEN X IST NICHT AUF DER VORDERSEITE, SONDERN NUR AUF DER KLAPPE SICHTBAR (ANM.: NUR IM JAPANISCHEN ORIGINAL.). ICH HABE VOR, SOLCHE ÜBER-RASCHUNGEN AUF JEDEM COVER ZU PRÄSENTIEREN, QUASI ALS BELOHNUNG. ALSO KAUFT DOCH BITTE DEN BAND UND LEST IHN.

REPORTER: MIT VERGNÜGEN! WIE WERDEN SIE ES FÜR BAND 2 GESTALTEN?

TOJO: DA BAND 1 EINE RUHIGE SZENE ZEIGT, HABE ICH FÜR BAND 2 EINE BELEBTERE SZENE GEPLANT. UND ICH MÖCHTE AUCH SCHON MAL ANTEASERN, DASS IM NÄCHSTEN BAND LUFTSCHLACHTEN GEBEN WIRD. ES IST ALSO AUCH ETWAS FÜR LEUTE, DIE »STRIKE WITCHES« MÖGEN.

REPORTER: TANYAS SILHOUETTE AUF BAND 2 STELLT EINEN DÄMON DAR, RICHTIG?

TOJO: JA, DA MAN SIE »TEUFELIN VOM RHEIN« NENNT, WOLLTE ICH IHR EIN DÄMONISCHES IMAGE GEBEN.

REPORTER: INTERESSANT. DER ERSTE BAND WAR IN EINEM GELBEN FARBTON, DER ZWEITE BAND ZEIGTE EINEN EINDRUCKSVOLLEN BLAUEN HIMMEL. ICH FREUE MICH SCHON AUF DIE NÄCHSTEN BÄNDE.

DER WAHRE GRUND, WARUM JEDEN MONAT SO VIELE SEITEN GEZEICHNET WERDEN.

REPORTER: ES WERDEN IN DEN MANGA-MAGAZINEN IMMER RELATIV VIELE SEITEN VON »TANYA THE EVIL« PUBLIZIERT. DAFÜR IST DER MANGA U. A. BEKANNT. SO VIELE SEITEN, DASS MAN SICH UM IHRE GESUNDHEIT SORGEN MACHEN MUSS. ZU WIEVIELT ZEICHNEN SIE EIGENTLICH DARAN?

TOJO: HAUPTSÄCHLICH ZU DRITT. DAZU GIBT ES NOCH DREI HELFER, DIE ABWECHSELND DA SIND. DAS WERK IST UNSERE KOLLEKTIVARBEIT.

REPORTER: ALSO ALLEINE IST ES DOCH NICHT MÖGLICH. IHR REKORD LIEGT MOMENTAN BEI 88 SEITEN IM MONAT.

TOJO: HAHA, JA, DAS SCHAFFE ICH NICHT. »TANYA THE EVIL« IST EIN WERK, BEI DEM MAN DEN LAUF DER GESCHICHTE NICHT MEHR RICHTIG VERSTEHEN WÜRDE, WENN MAN MONATLICH NUR 20 SEITEN VERÖFFENTLICHEN WÜRDE. MEIN PRODUZENT WÜRDE MIR DA ZUSTIMMEN. DAMIT AUCH DIE FANS VON »TANYA THE EVIL« SICH DARAN ERFREUEN KÖNNEN, VERÖFFENTLICHE ICH LÄNGERE TEILE DER GESCHICHTE. AUSSERDEM VERSTEHT MAN DIE GESCHICHTE BESSER, WENN JEDES KAPITEL ETWAS LÄNGER IST. DADURCH DENKEN MANCHE LESER VON COMP-ACE, DIE IN »TANYA THE EVIL« REIN-SCHAUEN, DASS ES INTERESSANT SEIN KÖNNTE, UND FANGEN VIELLEICHT AN, DEN GANZEN MANGA ZU LESEN – UND AUCH DAS ORIGINAL.

REPORTER: BEIDES FUNKTIONIERT SUPER. ERSTENS SIND DIE LESER ZUFRIEDENER DURCH DIE GRÖSSERE MENGE AN SEITEN, UND AUCH LESER, DIE DAS WERK NOCH NICHT KENNEN, HABEN DIE MÖGLICHKEIT REINZUSCHNUPPERN. IN »CODE GEASS« HAT SICH IHR STIL ETWAS VERÄNDERT. ZUERST HABEN SIE RASTERFOLIE VERWENDET, DOCH DANACH SIND SIE DAZU GEWECHSELT, DIE LINIEN STÄRKER ODER SCHWÄCHER ZU MALEN. IST IHR VORBILD DAFÜR AOTSUKI SHINOBU?

TOJO: WENN MAN RASTERFOLIE BENUTZT, WIRKT DAS GESAMTE BILD VIEL ERDRÜCKENDER...

VORHERIGES WERK „CODE GEASS – OZ THE REFLECTION".

VIELFÄLTIGER ZEICHENSTIL, DER SICH JE NACH INHALT ÄNDERT.

BEI DER VERÖFFENTLICHUNG „TANYA THE EVIL".

IM VORHERIGEN WERK WURDEN OFT RASTERFOLIEN VERWENDET, NUN WECHSELT DER STIL ZU KLAR GEZEICHNETEN SCHATTIERUNGEN.

TOJO: ES GIBT VERSCHIEDENE GRÜNDE, WESHALB ICH ES HIER ANDERS MACHE. EINER DAVON IST, UM MICH, WIE SIE EBEN SAGTEN, DEM STIL VON AOTSUKI SHINOBU ANZUNÄHERN. UM DEN KRÄFTIGEN, SCHNEIDENDEN EFFEKT HINZUBEKOMMEN, LASSE ICH DIE FOLIE WEG. UND AUCH, DAMIT ICH DIE MENGE AN SEITEN ÜBERHAUPT PACKE. WENN ICH BEI „CODE GEASS" SO VIEL ENERGIE IN RASTER-FOLIE UND HINTERGRÜNDE STECKEN WÜR-DE, WÄRE DAS PENSUM NICHT ZU SCHAFFEN. ICH HABE ABER AUCH SCHON FEEDBACK BE-KOMMEN, DASS ES SICH LEICHTER LIEST ALS „CODE GEASS". VIELLEICHT GIBT ES AUCH LE-SER, DIE WENIGER BILDER BEVORZUGEN.

REPORTER: SIE SPRACHEN VORHIN VON DEM STRUKTU-RELLEN WECHSEL VON BEWEGTEN ZU RUHI-GEN SZENEN, ABER AUCH DER WANDEL VON STELLEN, AN DENEN SIE VIEL FREI GELASSEN HABEN, ZU STELLEN, AN DENEN ALLES AUS-GEMALT WURDE, MACHT ES MEINER MEINUNG NACH LESERFREUNDLICHER.

TOJO: IST DAS SO? DANN WERDE ICH MICH AUCH WEITERHIN DARAUF KONZENTRIEREN.

WAS, WENN TANYA CHIKA TOJOS VORGESETZTE WÄRE…?

REPORTER: AN DIESER STELLE WÜRDE ICH GERNE EIN GE-DANKENEXPERIMENT WAGEN. SIE MEINTEN VORHIN, DASS SIE ALS ASSISTENTIN FÜR DIE MANGA-AUTOREN VON KAISHAKU GEARBEITET HABEN, ABER STELLEN SIE SICH VOR, SIE HÄT-TEN DAMALS EIGENTLICH FÜR JEMAND ANDE-REN GEARBEITET, UND ZWAR TANYA.

TOJO: DA WÄRE ICH ZU ANFANG NATÜRLICH PER-PLEX. ABER WENN ICH IHRE ARBEIT BEOB-ACHTEN UND SEHEN WÜRDE, DASS SIE DAS GUT MACHT, WÜRDE ICH SIE RESPEKTIEREN.

REPORTER: AM ANFANG HAT MAN ZWAR ANGST, ABER DA SIE EINEN ANHAND DER LEISTUNGEN BEWER-TET, MUSS MAN SICH NUR GENUG ANSTREN-GEN.

TOJO: GENAU. SOLANGE MAN RICHTIG ARBEITET, IST SIE EINE GUTE VORGESETZTE.

REPORTER: JE NACH ERGEBNIS KÖNNTE SIE EINEM SO-GAR EINEN BONUS GEBEN. ABER WENN MAN SICH DUMM ANSTELLT, KÖNNTE ES AUCH SEIN, DASS MAN EINEN KOPF KÜRZER GE-MACHT WIRD. ZUM SCHLUSS: HABEN SIE NOCH IRGENDWAS, DAS SIE UNBEDINGT ER-ZÄHLEN WOLLTEN?

TOJO: ICH GLAUBE, ICH HABE SCHON ALLES GE-SAGT. AH, EINE SACHE NOCH, NÄMLICH, DASS ICH VORHABE, DIESES WERK ZU ETWAS ZU MACHEN, WAS DEM EINDRUCKSVOLLEN ORI-GINAL GERECHT WIRD.

REPORTER: VERSTEHE. BAND 1, DER DIESEN MONAT VERÖFFENTLICHT WURDE, SCHEINT BEREITS GUTE VER-KAUFSZAHLEN ERREICHT ZU HABEN, DAHER GLAUBE ICH, DASS SIE IHR ZIEL ERREICHEN WERDEN UND DER MANGA ZU EINEM GROSSEN ERFOLG WIRD.

TOJO: VIELEN DANK. DAS FREUT MICH.

REPORTER: WIE VIELE BÄNDE WOLLEN SIE DENN ZEICHNEN?

TOJO: ÄH, DARUM HABE ICH MIR NOCH GAR KEINE GEDANKEN GEMACHT… KOMMT NATÜRLICH AUCH AUF COMP-ACE AN.

REPORTER: ICH PERSÖNLICH ERHOFFE MIR 30 BIS 40 BÄNDE!

TOJO: VERSTEHE. ICH MAG DEN INHALT VON BAND 4 DES ORIGINALS BESONDERS, DESWEGEN MÖCHTE ICH MINDESTENS SO WEIT KOMMEN.

REPORTER: VIELEN DANK FÜR DAS GESPRÄCH! ICH FREUE MICH SCHON DARAUF!

DIE KRIEGSGESCHICHTE EINES KLEINEN MÄDCHENS

03

VORLAGE: CARLO ZEN, KÜNSTLER: CHIKA TOJO,
CHARAKTERDESIGN: SHINOBU SHINOTSUKI.

SPECIAL THANKS

CARLO ZEN

SHINOBU SHINOTSUKI

TAKAMARU

KURI

MIIRA

YAMATATSU

AGATHA

KUUKO

„Tanya the Evil" von Chika Tojo
Aus dem Japanischen von Aminata Estelle Diouf
Originaltitel: „YOUJO SENKI" Vol. 03

Originalausgabe:
YOUJO SENKI 03
©Chika TOJO 2017
©2013 Carlo Zen
First published in Japan 2017 by KADOKAWA CORPORATION, Tokyo.
German translation rights arranged with KADOKAWA CORPORATION, Tokyo
through TOHAN CORPORATION, Tokyo.

Deutschsprachige Ausgabe:
© 2018 Egmont Manga
verlegt durch Egmont Verlagsgesellschaften mbH,
Ritterstraße 26, 10969 Berlin
safety@egmont.de

9. Auflage 2026

Lektorat: Michael Cheng
Gestaltung: Stefan Gubatz
Printed in the EU

Korrektur: Marcel le Comte
Koordination: Manuela Rudolph
ISBN 978-3-7704-9796-6

Unsere Manga findest Du im Buch- und Fachhandel und auf:
www.egmont-manga.de

www.egmont-shop.de

Die Egmont Verlagsgesellschaften gehören als Teil der Egmont-Gruppe zur
Egmont Foundation - einer gemeinnützigen Stiftung, deren Ziel es ist, die sozialen,
kulturellen und gesundheitlichen Lebensumstände von Kindern und Jugendlichen zu
verbessern. Weitere ausführliche Informationen zur Egmont Foundation unter
www.egmont.com